여름밤 열 시 반

▲

DIX HEURES ET DEMIE DU SOIR EN ÉTÉ
by Marguerite Duras

여름밤 열 시 반

마르그리트 뒤라스

김석희 옮김

문학과지성사

옮긴이 김석희

서울대학교 불문학과를 졸업하고 같은 학교 대학원 국문학과를 중퇴했으며, 1988년 『한국일보』 신춘문예에 소설이 당선되어 작가로 데뷔했다. 영어·불어·일어를 넘나들면서 리처드 휴스의 『자메이카의 열풍』과 존 미드 포크너의 『문플릿의 보물』, 허먼 멜빌의 『모비 딕』, 헨리 데이비드 소로의 『월든』, F. 스콧 피츠제럴드의 『위대한 개츠비』, 알렉상드르 뒤마의 『삼총사』, 쥘 베른 걸작선집(20권), 시오노 나나미의 『로마인 이야기』 등 많은 책을 번역했다.

문지 스펙트럼 세계 문학

여름밤 열 시 반

제1판 제1쇄   2020년 7월 31일
제1판 제9쇄   2024년 6월 11일

지은이	마르그리트 뒤라스
옮긴이	김석희
펴낸이	이광호
주간	이근혜
편집	박지현 홍근철
펴낸곳	㈜**문학과지성사**
등록번호	제1993-000098호
주소	04034 서울 마포구 잔다리로7길 18 (서교동 377-20)
전화	02) 338-7224
팩스	02) 323-4180(편집) 02) 338-7221(영업)
전자우편	moonji@moonji.com
홈페이지	www.moonji.com

ISBN 978-89-320-3757-8 03860

차례

일러두기

1. 이 책은 Marguerite Duras의 *Dix heures et demie du soir en été* (Éditions Gallimard, 1960)를 우리말로 옮긴 것이다.

2. 인명, 지명 등 고유명사의 외래어 표기는 국립국어원 외래어 표기법에 따랐다.

3. 이 책의 각주는 모두 옮긴이 주이다.

제1장

"그의 이름은 파에스트라예요. 로드리고 파에스트라."

"로드리고 파에스트라."

"그에게 죽은 사람은 페레스이고요. 토니 페레스."

"토니 페레스."

광장에는 두 명의 경찰관이 빗속을 지나가고 있다.

"페레스는 몇 시쯤 죽었나요?"

옆자리 손님도 정확히는 모른다. 정오가 조금 지난 무렵일까? 지금은 벌써 오후도 저물어가고 있다. 로드리고 파에스트라는 페레스를 죽이고, 제 아내도 죽였다. 두 희생자는 페레스네 차고 안에서 두 시간쯤 전에 발견되었다.

카페 안에는 이미 어스름이 깔리고 있다. 안쪽에는 젖은 카운터 위에 촛불이 켜져 있는데, 그 노란빛이 저물어가는 푸르스름한 햇빛과 어우러져 있다. 소나기가 내리는가 싶더니 어느새 황망히 그친다.

"몇 살이에요, 로드리고 파에스트라의 부인은?" 마리아가 묻는다.

"아주 젊어요. 열아홉 살."

마리아는 애처롭다는 듯 얼굴을 찌푸린다.

"만사니야*를 한 잔 더 마실까?" 그녀는 혼잣말하듯 중얼거린다.

상대가 술을 주문한다. 그도 역시 만사니야를 마시고 있다.

"왜 아직도 붙잡지 못했을까요? 이렇게 작은 마을인데."

"이 마을에 대해서는 경찰보다 로드리고가 더 잘 아니까요. 보통내기가 아니에요."

바는 만원이다. 다들 로드리고 파에스트라의 범죄에 대해 이야기하고 있다. 페레스에 대해서는 의견이 일치하지만, 젊은 여자에 관해서는 의견이 엇갈린다. 상대는 어린 녀석이다. 마리아는 잔을 들어 만사니야를 들이켠다. 상대가 놀란 얼굴로 바라본다.

"언제나 그런 식으로 마시세요?"

"때에 따라서는. 하지만 대개는 이런 식이에요."

"혼자세요?"

"지금은 그래요."

카페는 큰길에 직접 면해 있지 않고, 지붕이 잇닿은 사각의 아케이드에 접해 있다. 그 통로가 여기저기로 갈라져

* 스페인에서 생산되는 셰리주의 일종.

8

이 마을의 큰길과 이어져 있다. 아케이드 가장자리에는 돌로 만든 난간이 있는데, 그 난간은 그 위를 뛰어다니거나, 벌렁 누워서 하수구의 빗물이 늘어나는 것을 바라보거나, 경찰관들이 왔다 갔다 하는 것을 구경하는 아이들의 무게를 충분히 지탱할 만큼 폭이 넓고 튼튼하다. 그 아이들 속에 마리아의 딸 쥐디트도 섞여 있다. 쥐디트는 난간에 팔꿈치를 괴고 머리만 쑥 내민 채 광장을 바라보고 있다.

시간은 저녁 여섯 시에서 일곱 시 사이일 것이다.

또 소나기가 퍼붓자 광장은 삽시간에 텅 비어버린다. 광장 한복판에 서 있는 초라한 종려나무가 몰아치는 비바람에 몸부림친다. 꽃들은 바람에 눌려 납작해져 있다. 쥐디트가 아케이드에서 뛰어 들어와 엄마에게 안기며 몸을 움츠린다. 그러나 쥐디트는 이제 무섭지 않다. 번개가 쉴 새 없이 연달아 치기 때문에 하나로 이어진 빛처럼 보인다. 천둥소리가 끊이지 않는다. 그 험악한 소리는 금속성 섬광에 흡수되어 이따금 약해지기도 하지만, 약해졌는가 하면 금방 활기를 되찾는다. 그 강약의 파동은 소나기의 기세가 수그러들면서 점점 귀에서 멀어져간다. 아케이드는 조용하다. 쥐디트는 엄마 곁을 떠나, 좀더 가까이서 비를 바라보러 간다. 그리고 장대 같은 빗속에서 춤추고 있는 광장을 바라본다.

"하룻밤 내내 퍼부을 모양이군." 옆자리 손님이 중얼거린다.

소나기가 뚝 그친다. 옆자리 손님이 카운터에서 일어나 맑게 갠 하늘을 가리킨다. 회색 구름에 둘러싸인 그 푸른 하늘은 지붕에 닿을 만큼 낮게 내려와 있다.

마리아는 또 술을 주문한다. 옆자리 손님은 아무 생각 없이 만사니야를 두 잔 주문한다. 그도 한 잔 더 마실 작정인 모양이다.

"여름휴가 때 스페인에 가자고 말한 건 남편이었어요. 나는 다른 곳에 가보고 싶었는데."

"어딜 가고 싶었는데요?"

"확실히 어디라고 생각하진 않았지만, 이왕 나선 김에 여러 곳을 둘러보고 싶었어요. 스페인도 포함해서. 내가 하는 말에 괘념치 마세요. 실은 이번 여름에 스페인에 오길 정말 잘했다고 생각하고 있으니까."

그가 만사니야 잔을 들어 그녀에게 내민다. 그리고 웨이터에게 돈을 치른다.

"부인이 도착하신 건 다섯 시쯤이었지요?" 손님이 묻는다. "광장에 멈춘 검은색 소형 랜드로버*에 타고 계셨지요?"

"그래요." 마리아가 대답한다.

"아직 밝을 무렵이었지요." 그가 말을 잇는다. "그때는 비도 내리지 않았고, 차에는 네 사람이 타고 있었지요. 운

* 영국산 사륜구동 자동차.

전석엔 부인의 남편이 타고, 부인은 그 옆자리에 타고 계셨지요? 그리고 뒷좌석엔 따님이 있었고, (그는 쥐디트를 가리킨다) 이 아이였을 겁니다. 그 밖에 또 한 사람, 부인이 타고 있었지요."

"맞아요. 들판을 지나오는데, 세 시경부터 천둥 번개에 비가 내리자 이 아이가 겁을 냈어요. 원래는 오늘 중에 마드리드에 도착할 예정이었는데, 일정을 바꾸어 여기서 하룻밤 묵기로 한 거예요."

옆자리 손님은 이야기를 하면서도, 비가 걷히자마자 다시 광장에 모습을 나타낸 경찰관들을 살펴보고, 거리의 구석구석에서 갑자기 울려 퍼지기 시작한 호루라기 소리를 열심히 듣고 있다.

"내 친구도 비바람을 무서워해서요." 마리아가 덧붙인다.

석양이 마을의 큰길 끝에 걸려 있다. 그쪽에 호텔이 있다. 생각한 것만큼 늦지는 않았다. 폭풍우 때문에 시간이 빨리 흘러간 것 같았지만, 점차 두꺼운 구름층을 뚫고 붉은빛을 띤 시간의 흐름이 다시 모습을 드러낸다.

"남편과 그 부인은 어디 계세요?"

"프린시팔 호텔에. 나도 이젠 그리로 돌아가야 해요."

"아 참, 기억이 나네요. 아까 검은색 랜드로버에서 어떤 남자가, 그러니까 부인의 남편이 몸을 반쯤 내밀고 광장에 모여 있던 젊은이들에게 물었지요. 이 마을에는 호텔이 얼마나 있느냐고. 그리고 댁들은 프린시팔 호텔 쪽으로 가버렸지요."

"방은 이미 없었어요. 하나도 남아 있지 않았는걸요."

석양이 다시 숨어버렸다. 더욱 거칠어진 폭풍우가 기세를 더해 다가온다. 오후 내내 태양에서 준비를 갖추고 있던 검푸른 구름 덩어리가 동쪽으로부터 마을 상공으로 천천히 진격해온다. 그 위압적인 빛깔을 알아볼 만한 빛은 아직 남아 있다. 그들은 여전히 발코니 끝에 마주 앉아 있을 것이다. 큰길이 끝나는 언저리에. 당신 눈이 파랗군, 이번엔 하늘 때문에, 하고 피에르는 말하고 있겠지.

"하지만 돌아갈 수가 없어요, 하늘 때문에."

이번엔 쥐디트도 돌아오지 않는다. 그녀는 광장의 도랑에서 맨발로 놀고 있는 아이들을 바라본다. 아이들의 발 사이에는 흙탕물이 흐르고 있다. 그 물은 칙칙한 붉은색, 이 마을의 돌이나 주변의 흙과 같은 붉은빛을 띠고 있다. 젊은이들이 번개와 천둥소리가 끊임없이 쏟아지는 야외 광장에 모두 나와 있다. 그들이 휘파람으로 부르는 노래가 들려온다. 부드러운 휘파람 소리가 천둥소리에 삼켜져 사라져간다.

갑자기 비가 쏟아진다. 태양의 물이 마을 위에 내리퍼붓는다. 광장은 이제 보이지 않는다. 아케이드는 만원이다.

카페 안에서 주고받는 이야기 소리가 커진다. 이따금 큰 소리로 외치는 소리도 들린다. 들리는 이름은 로드리고와 페레스뿐이다.

"로드리고가 한숨 돌릴 수 있겠군요." 옆자리 손님이 말한다.

그는 아케이드에 몰려서서 소나기가 걷히기를 기다리고 있는 경찰관들을 가리킨다.

"그 친구는 결혼한 지 6개월밖에 안 됐어요. 마누라가 페레스와 함께 있는 꼴을 보았던 거지요. 누구나 그렇게 했을 겁니다. 결국은 무죄가 될 거예요, 로드리고는."

마리아는 또 술을 마신다. 그녀의 얼굴이 일그러진다. 욕지기를 느낄 때가 온 것이다.

"그 사람은 어디 있을까요?" 마리아가 묻는다.

옆자리 손님은 그녀 쪽으로 몸을 기울인다. 머리카락에서 강한 시트론* 냄새가 풍긴다. 입술은 매끈하고 아름답다.

"어딘가 지붕 위에 있겠지요."

두 사람은 마주 보며 미소를 짓는다. 남자는 몸을 바로 한다. 그녀는 어깻죽지에 남자의 뜨거운 입김이 남아 있는 것을 느낀다.

"흠뻑 젖었겠네요?"

* 레몬즙 따위를 탄산수에 타서 만든 음료.

"글쎄요." 그가 웃으며 말한다. "난 그저 들은 말을 그대로 옮겼을 뿐입니다. 실은 아무것도 몰라요."

카페 안쪽에서 범죄를 둘러싸고 시끄러운 토론이 시작되자 다른 대화는 모두 중지된다. 로드리고 파에스트라의 아내는 스스로 페레스의 품 안에 뛰어들었다. 그게 페레스의 잘못일까? 그런 식으로 몸을 던져오는 여자를 내칠 수 있을까?

"당신은 어때요? 그럴 수 있겠어요?" 마리아가 묻는다.

"아마 어렵겠지요. 하지만 로드리고는 일단 그 일을 없었던 것으로 치고 흘려보냈답니다."

페레스에게는 오늘 밤 그의 죽음을 슬퍼해줄 친구가 몇 명 있다. 어머니는 아들의 시신을 지키며 혼자 읍사무소에 앉아 있다. 로드리고 파에스트라의 아내는? 그녀의 시신도 역시 읍사무소에 있다. 그러나 그녀는 이 마을 사람이 아니다. 오늘 밤 그녀 곁에서 경야를 해줄 사람은 아무도 없다. 그녀는 마드리드 출신으로, 결혼 때문에 작년 가을 이곳에 왔던 것이다.

소나기가 멎고, 찢어질 듯한 천둥소리도 멎는다.

"일단 결혼하자 그 여자는 마을에 있는 남자 모두에게 꼬리를 쳤답니다. 어떻게 하면 좋았을까요? 그 여자를 죽여야 했을까요?"

"어려운 문제군요." 마리아가 말하고는 광장의 한 모퉁이, 닫혀 있는 커다란 문을 가리킨다.

"맞아요, 바로 거깁니다." 옆자리 손님이 말한다. "거기가 읍사무소예요."

한 친구가 카페 안으로 들어온다. 그들도 범죄 이야기를 한다.

비가 다시 그치고, 광장은 다시 아이들로 가득 찬다. 이 마을의 경계에 해당하는 큰길의 끝도, 프린시팔 호텔의 하얀 건물도 잘 보이지 않는다. 마리아는 광장의 아이들 속에 쥐디트가 있다는 걸 생각해낸다. 쥐디트는 조심스럽게 주위를 둘러보다가, 끝내 검붉은 진흙탕 속으로 내려간다. 옆자리 손님의 친구가 마리아에게 만사니야를 한 잔 사준다. 그녀는 술잔을 받아 든다. 스페인에 온 지 얼마나 되세요? 9일째예요. 스페인이 마음에 드셨나요? 물론이죠. 그건 진작 알고 있었다.

"이제 그만 일어나야겠군요." 그녀가 말한다. "저렇게 퍼부으면 어디로 가야 할지 모르게 돼요."

"우리 집은 어떠세요?" 옆자리 손님이 말한다.

그가 웃는다. 그녀도 웃는다. 그러나 진심에서 나오는 웃음이라고는 할 수 없다.

"만사니야를 한 잔 더 하실래요?"

아니, 이제 그녀는 충분히 마셨다. 그녀가 소리쳐 부르자 쥐디트는 광장의 진흙을 구두에 묻힌 채 돌아온다.

"또 한 번 오실래요? 오늘 밤에?"

잘 모르겠다. 그렇게 될지도 모른다.

마리아와 쥐디트는 호텔 쪽을 향해 보도를 걸어간다. 마구간 냄새와 여물 냄새가 마을 안에 흐르고 있다. 오늘 밤은 바닷바람이 불어오는 멋진 밤이 될 것이다. 쥐디트는 황토물이 흐르는 도랑 속을 걷고 있다. 마리아는 그냥 내버려둔다. 둘은 도로의 모든 출구를 지키고 서 있는 경찰관들과 마주친다. 밤이 깊어졌다. 전기는 아직도 들어오지 않았다. 아마 당분간은 정전이 계속될 모양이다. 적당한 위치에 있는 사람들에게는 다닥다닥 늘어선 집들의 지붕 위로 어슴푸레한 저녁 하늘이 아직 남아 있는 게 보인다. 마리아는 쥐디트의 손을 잡고 이야기를 시작한다. 언제나 그렇듯이 쥐디트는 듣고 있지 않다.

그들은 식당 안에 마주 보며 앉아 있다. 마리아와 쥐디트에게 미소를 짓는다.

"줄곧 기다렸어." 피에르가 말한다.

그는 쥐디트를 바라본다. 오는 도중에 쥐디트는 천둥번개를 무척 무서워했다. 울기까지 했다. 눈 주위에는 아직도 검은 눈물 자국이 남아 있다.

"비가 그칠 것 같지 않군." 피에르가 말한다. "유감이야. 마음만 먹으면 마드리드까지 오늘 밤 안에 갈 수 있는데."

"이런 경우도 예상해뒀어야지." 마리아가 말한다. "여전히 방은 없어? 누구 떠난 사람 없대?"

"없어. 어린이용 방도 없다니까."

"내일은 더위가 한풀 꺾일 거야." 클레르가 말한다. "생각이라도 그렇게 해두는 게……"

피에르는 쥐디트에게 여기서 묵기로 약속한다.

"식사는 할 수 있대." 클레르가 말하고는, 쥐디트에게 덧붙인다. "그리고 너 같은 꼬마 아가씨한테는 복도에 담요가 준비되어 있을 거야."

식당에는 이제 빈자리가 하나도 없다.

"모두 프랑스인들이네." 클레르가 말한다.

촛불 빛으로 보니 그녀의 미모가 더욱 두드러진다. 사랑의 고백을 이미 받았을까? 다가올 밤에 대비하여 미소를 띠고 있지만, 그 밤은 실현되지 않을 것이다. 그녀의 입술, 눈, 부스스한 머리카락, 또 손가락을 펼쳐 크게 벌린, 행복을 눈앞에 두고 기쁜 나머지 느슨해진 손, 이 가운데 어떤 것도 그들이 다가오는 행복의 약속을 조용히 이행하기 위해 오늘 밤을 따로 챙겨두었다는 것을 입증하지 못한다.

비가 다시 내린다. 빗방울이 식당 지붕의 채광창에 닿아 큰 소리를 내기 때문에 손님들은 주문을 하려면 큰 소리로 말해야 한다. 아이들이 울음을 터뜨린다. 쥐디트도 볼을 실룩거렸지만 울지는 않는다.

"정말 지독하네요." 클레르가 말한다. 그러고는 심란

한 듯 기지개를 켠다. "이렇게 퍼붓다니, 하늘이 미친 거예요. 아무리 그렇다 해도 너무 심하네요. 들어보세요, 저 소리를."

"아까는 무서워했잖소."

"그래요." 그녀는 기억한다.

호텔 안은 온통 어수선한 상태였다. 비는 아직 내리고 있지 않았지만 금방이라도 퍼부을 듯한 하늘이었다. 마리아가 그들의 모습을 발견했을 때 두 사람은 호텔 로비에 있었다. 그들은 바짝 붙어 서서 이야기를 나누고 있었다. 마리아는 희망으로 가슴을 부풀리며 멈춰 섰다. 그들은 마리아를 보지 못했다. 그때 그녀는 두 사람이 얌전하게 서로 손을 잡고 있는 것을 알아보았다. 시간은 아직 일렀다. 밤이 된 것처럼 느껴지기도 했지만, 폭풍우 때문에 하늘이 어두워져 있을 뿐이었다. 클레르의 눈에는 이제 공포의 흔적이 남아 있지 않았다. 마리아는 광장으로 나가서, 오는 도중에 보아두었던 카페에 들어갈 시간 여유가 있겠다고 생각했다.

두 여자는 피에르에게 시선을 주는 대신, 만사니야를 담은 쟁반을 들고 왔다 갔다 하는 웨이터들의 움직임을 눈으로 좇는다. 클레르가 지나가는 웨이터를 불러 만사니야를 주문한다. 채광창을 때리는 빗소리 때문에 큰 소리로 말하지 않으면 안 된다. 주위의 아우성 소리가 점점 커진다. 식당 출입문이 끊임없이 열리고 닫힌다. 계속해서 손님들이

들이닥친다. 폭풍우는 훨씬 더 큰 규모로 넓은 범위에 걸쳐 있다.

"어디 갔었어?" 피에르가 마리아에게 묻는다.

"카페에. 로드리고 파에스트라의 친구란 사람과 함께 있었어."

피에르는 마리아 쪽으로 몸을 내민다.

"당신이 정말로 가고 싶다면, 오늘 밤 안에 마드리드에 갈 수는 있어."

이 말은 클레르에게도 들렸다.

"클레르, 넌 어때?" 마리아가 묻는다.

"모르겠어."

그녀가 신음하는 듯한 소리를 냈다. 피에르는 양손을 그녀의 손 쪽으로 뻗다가 말고, 곧 그 손을 도로 끌어 들인다. 이 동작은 자동차 안에서 그녀가 무서워했을 때도 보여준 일이 있었다. 그 밀밭 상공에서 천둥이 한창 치고 있을때, 쥐디트가 한창 칭얼대고 있을 때, 노을빛이 한창일 때에도 그런 동작을 하려다 말았었다. 클레르는 얼굴이 핼쑥해져 있었다. 그 안색 뒤에 숨어 있을 공포심보다 오히려 안색자체가 놀랄 만큼 창백해져 있었다.

"호텔 복도에서 잠들지 못하는 밤을 지내야 한다니. 클레르, 이런 불편한 꼴을 당한 적은 없겠지요?"

"있었죠. 이런 경험쯤은 누구나 있을걸요."

고작 두세 시간 전에 마리아의 눈을 피해 제 손 위에 놓였던 피에르의 손을 떠올리며, 그녀는 몸부림치듯 괴로워한다. 그때도 그녀는 안색이 창백해졌을까? 그녀가 또 창백해져 있는 것을 그는 알아차렸을까?

"오늘 밤은 복도에서 잡시다. 이번만." 그가 말한다.

그는 미소를 짓는다. 전에도 그런 미소를 지은 적이 있었을까?

"이번만?" 마리아가 묻는다.

피에르의 손이 이번에는 뻗치는 동작을 마지막까지 완수하여 아내인 마리아의 손에 닿는다.

"나도 이런 불편에 익숙한 건 아니야."

마리아는 탁자에서 몸을 떼고, 양손으로 의자를 붙잡은 채 눈을 감고서 말을 잇는다.

"베로나*에서도 있었잖아." 그녀가 말한다.

그녀는 주위에서 일어나고 있는 일에 눈을 감는다. 클레르의 목소리가 시끌벅적한 다른 목소리를 뚫고 낭랑하게 들려온다.

"베로나에서? 어떤 일이 있었는데?"

"좀처럼 잠들 수 없는 밤이 있었지요." 피에르가 말

---

* 이탈리아 북쪽, 밀라노와 베네치아 사이에 있는 도시. 『로미오와 줄리엣』의 무대로 유명하다.

한다.

식사가 시작되었다. 촛불 냄새가 너무 강해서, 웨이터
들이 땀을 흘리며 한꺼번에 가져온 요리 냄새조차 나지 않
을 정도다. 외치는 소리와 불평하는 소리가 들려온다. 호텔
지배인이 오늘 밤의 폭풍우로 인한 괴로운 입장을 이해해달
라고 부탁한다.

"정말 잘 마셨어." 마리아가 말한다. "매번 그렇지만, 무
엇 하러 그렇게 마셨을까?"

"술만 마시면 넌 언제나 자신에게 놀라고 그러더라." 클
레르가 말한다.

비가 그쳤다. 잠시 이야기 소리가 그치자 채광창에 떨
어지는 빗방울 소리가 경쾌하게 들려온다. 주방 쪽으로 나
갔던 쥐디트가 웨이터에게 이끌려 돌아온다. 피에르는 카스
티야*와 마드리드 이야기를 하고 있다. 그는 이 마을의 성
안드레아 성당에 고야**의 그림이 두 점 걸려 있다는 지식을
피력한다. 그 성당은 오는 도중에 지나쳐온 광장에 면해 있
다. 진한 수프가 날라져 온다. 마리아는 쥐디트에게 스푼을
집어 준다. 쥐디트의 눈에는 눈물이 가득 고여 있다. 피에르

* 스페인 중앙부에 있는 고원지대.
** 프란시스코 고야(1746~1828). 스페인의 화가. 근대미술의 문을 열었다
는 평가를 받고 있다.

가 딸에게 미소를 짓는다. 마리아는 쥐디트에게 저녁을 먹이고 싶은 생각이 사라진다.

"나도 오늘 밤은 배가 고프지 않네." 클레르가 말한다. "분명 이 폭풍우 탓일 거야."

"이 비는 은혜로운 비야." 마리아가 말한다.

클레르는 식당 풍경에 정신을 빼앗기고 있다. 갑자기 깊은 상념에 잠겨버린 듯한 그 표정의 배후에는 미소가 숨어 있다. 피에르가 얼굴을 딱딱하게 굳히며 그 눈을, 쥐디트와 꼭 닮은 눈을 마리아에게 돌린다. 마리아는 그 눈을 마주 보며 미소를 짓는다.

"모두 이 비를 애타게 기다리고 있었어, 이 서늘함을." 마리아가 설명한다.

"그럴지도." 클레르가 말한다.

마리아는 쥐디트에게 식사를 먹이고 싶어진다. 이번에는 잘된다. 한 입 한 입, 쥐디트가 수프를 삼킨다. 클레르가 쥐디트에게 이야기를 들려준다. 피에르도 듣고 있다. 식당의 혼잡은 약간 가라앉아 있다. 그래도 폭풍우의 진로가 가까워졌다 멀어졌다 하는 데 따라 강약의 변화를 보이기는 하지만, 천둥소리는 여전히 끊이지 않고 들린다. 채광창이 번갯불에 번쩍이면 아이들 가운데 하나쯤은 울음보를 터뜨린다.

저녁 식사가 계속되는 동안에도 로드리고 파에스트라

의 범죄가 화제에 올라 있다. 웃고 있는 사람도 있다. 도대체 어느 누가 로드리고 파에스트라처럼 그렇게 간단히 사람을 죽일 기회를 가질 수 있겠는가?

경찰관들의 호루라기 소리가 여전히 밤공기를 뚫고 울려 퍼진다. 그 소리가 호텔 가까이에서 나면 대화는 조용해지고 사람들은 귀를 기울인다. 어떤 이들은 로드리고 파에스트라가 잡히기를 기대하고 있다. 오늘 밤은 아무래도 그냥 넘어갈 것 같지 않다.

"그는 지붕 위에 있어." 마리아가 속삭이듯 말한다.

그들에게는 들리지 않았다. 쥐디트는 과일을 먹고 있다.

마리아는 일어선다. 식당에서 나간다. 뒤에 남은 두 사람은 얼굴을 마주 본다. 그녀는 호텔 사정이 어떤지 알아보고 오겠다고 말했다.

복도가 많다. 대부분은 건물을 빙 둘러싼 회랑이다. 출구가 밀밭에 면해 있는 것도 있다. 광장을 가로지르는 큰길을 내다볼 수 있는 위치에 면해 있는 것도 있다. 복도에는 아직 잠들어 있는 사람이 하나도 없다. 또 마을의 지붕 위로 튀어나온 발코니에서 끝이 난 복도도 몇 개쯤 있다. 또다시 소나기가 쏟아질 모양이다. 지평선은 엷은 황갈색을 띠고 있다. 아주 멀리 있는 것처럼 보인다. 폭풍우는 기세를 만회했다. 이런 상태로는 오늘 밤 안에 폭풍우가 물러갈 것 같지 않다.

"폭풍우는 갈 때도 올 때와 마찬가지요. 갑자기 시작되었다가 갑자기 그치니까. 무서워할 필요 없어요, 클레르."

그는 그렇게 말했었다. 그녀의 공포로부터, 공포에 빠진 그녀의 젊음으로부터 발산되는 저항하기 어려운 향기, 그것은 마리아에게서는 아직껏 느낄 수 없던 것이었다. 그로부터 몇 시간이 지났다.

지붕 위는 텅 비어 있다. 거기서 사람들이 서로 붙잡고 실랑이하는 모습을 보고 싶어 아무리 안달해봤자, 지붕 위는 영원히 텅 빈 그대로일 것이다.

빗줄기는 가벼워졌지만, 빈 지붕이 비에 젖어 있는 모습만 보일 뿐 마을의 모습은 보이지 않는다. 이젠 아무것도 보이지 않는다. 남아 있는 것은 꿈에 그리던 고독의 추억일 뿐이다.

마리아가 식당으로 돌아오자, 지배인이 경찰이 왔음을 알리고 있다.

"여러분도 아시리라 생각합니다만, 이 마을에서는 오늘 오후에 범죄가 발생했습니다. 그렇다고 우리를 나쁘게 생각지는 말아주세요."

제2장

자진해서 신분을 증명할 필요는 없다. 지배인이 손님들의 신원을 보증한다. 여섯 명의 경찰관이 맹렬한 기세로 식당을 가로질러 들어온다. 다른 세 사람은 식당을 둘러싸고 있는 회랑 쪽으로 향한다. 그들은 그 복도에 면해 있는 방들을 조사하러 가는 것이다. 조사하는 것뿐이라고 지배인이 말한다. 이제 곧 끝납니다.

"그는 지붕 위에 있대." 마리아가 다시 말한다.

그들은 들었다. 그녀는 작은 목소리로 말했다. 그러나 그들은 놀라지 않는다. 마리아도 그 이상 말하지 않는다. 식당의 혼잡은 극에 달한다. 웨이터들은 모두 이 마을 출신이다. 로드리고 파에스트라를 알고 있다. 경찰관들도 이 마을 출신이다. 양쪽에서 서로 말을 걸고 있다. 식사 시중은 중지된다. 지배인이 그들 사이에 끼어든다. 페레스에 대해 험담하지 않도록 조심해. 웨이터들은 여전히 서로 이야기하고 있다. 지배인은 큰 목소리로 명령을 내리지만 아무에게도 들리지 않는다.

웨이터들이 더는 할 말이 없을 만큼 실컷 지껄이고 난 뒤에야 손님들도 차츰 마취 상태에서 깨어나 마지막 요리를 달라고 요구한다. 웨이터들은 다시 식사 시중을 든다. 그들은 손님들에게 말을 건다. 손님들은 모두 웨이터들의 이야기에 귀를 기울이고, 왔다 갔다 하는 경찰관들의 움직임을 살펴보면서, 수사의 진척 상황에 불안이나 기대를 품기도 하고 단념하기도 한다. 여전히 로드리고 파에스트라의 우직함을 이야기하며 웃는 사람도 있다. 여자들은 로드리고의 아내처럼 열아홉 살에 살해되는 처지에 빠졌을 때의 공포를 화제로 삼고 있다. 그녀는 오늘 밤 혼자서 읍사무소에 누워 있다, 아직 어린 나이에. 그러나 이 혼잡 속에서도 다들 많든 적든 식욕을 발휘하여 식사를 하고 있다. 혼잡을 뚫고 웨이터들이 날라 온 요리를 먹고 있다. 문이 열리는 소리가 들린다. 복도 쪽 출입문이다. 그리고 경찰관들이 식당을 가로지른 다음, 한가운데에서 갈라진다. 손에는 기관단총을 들고, 발에는 전투화를 신고, 허리에는 가죽 벨트를 두른 차림으로, 마치 심각함을 아교로 굳힌 듯한 표정을 하고 있다. 그들은 젖은 가죽과 땀에서 나는 메스꺼운 냄새를 풍기며 지나간다. 아이들은 그들의 모습을 보기만 해도 또 울음을 터뜨릴 것이다.

경찰관들 가운데 두 사람은 식당의 왼쪽, 마리아가 이제 막 나갔다 들어온 복도 쪽으로 갔을 게 틀림없다.

쥐디트는 너무나 무서운 나머지, 이제 과일도 먹지 않는다. 경찰관의 모습은 식당 안에 한 사람도 남아 있지 않다. 마리아 일행의 식사 시중을 들고 있던 웨이터가 분노로 몸을 떨면서 그들의 식탁으로 다가와, 중얼중얼 페레스를 욕하면서, 로드리고가 오래 참았다고 칭찬한다. 쥐디트는 네 쪽으로 자른 오렌지의 즙을 손가락 사이로 뚝뚝 떨어뜨리면서 웨이터의 말에 귀를 기울이고 있다.

그들은 회랑 끝에 있는, 마리아가 이제 막 떠나온 발코니로 갔을 것이다. 마침 비도 그쳤고, 마리아는 채광창을 따라 흘러내리는 빗방울 소리 사이로 식당에 면한 복도를 걸어가는 그들의 발걸음 소리를 듣는다. 식당 안에서 지금 그 빗방울 소리를 듣고 있는 사람은 아무도 없다.

모든 게 다시금 조용해졌다. 하늘도 조용하다. 채광창 위를 흘러내리는 빗방울 소리에 마침표를 찍듯, 맨 마지막 복도를 걷는 경찰관의 발소리가 들려온다. 객실과 주방과 정원을 일단 조사한 뒤에, 이 복도를 깜박 잊을 수가 있을까? 그럴 리는 없다.

그들이 마지막 복도 끝에 있는 발코니로 갔다면, 로드리고 파에스트라가 마을의 지붕 위에 없는 것은 확실하다.

"왜 나한테 그런 말을 했을까?" 마리아는 아주 낮은 목소리로 중얼거린다. 그들에게도 들렸다. 그러나 두 사람 다 놀라지 않는다.

그녀는 지붕을 바라본다. 조금 전에는 아직 몇 개의 지붕이 하늘 아래 정연하게 점점이 펼쳐져 있어서 그 높이가 몇 층인지 알 수 있었는데, 발코니 아래쪽 지붕은 삐죽이 나와 있고, 그 어느 지붕도 예외 없이 텅 비어 있다.

밖에서 외침 소리가 들린다. 거리일까? 정원일까? 아주 가까운 곳이다. 웨이터들이 접시를 받쳐 든 채 멈춰 서서 귀를 기울이고 있다. 아무도 불평하지 않는다. 외침 소리가 계속된다. 그 소리는 돌연히 찾아온 침묵 속에 공포의 균열을 만들어간다. 잘 들어보니 외침 소리는 매번 같은 말을 되풀이하고 있다는 것을 알 수 있다. 그의 이름이다.

"로드리고 파에스트라."

길게 늘여 호소하는 듯한, 리드미컬하고 상냥함까지 느껴지는 목소리로, 한마디 한마디 명확한 발음으로, 그에게, 응답하라, 이제 그만 투항하라고 간청하고 있는 것이다.

마리아는 벌떡 일어섰다. 피에르가 그녀의 팔을 잡아 억지로 앉힌다. 그녀는 얌전히 자리에 앉는다.

"하지만 그는 지붕 위에 있는걸." 그녀가 작은 목소리로 말한다.

쥐디트에게는 들리지 않았다.

"재밌네요." 클레르가 작은 소리로 말한다. "난 아무래도 좋은데."

"하지만 나는 그가 지붕 위에 있다는 걸 알고 있다니

까." 마리아가 말한다.

피에르가 상냥하게 아내를 부른다.

"진정해, 마리아."

"저 외침 소리 때문이야. 저 소리를 들으면 신경이 곤두
서. 아무것도 아니야."

외침 소리가 그친다. 그리고 다시 소나기가 내린다. 경
찰관이 돌아왔다. 웨이터들은 입술에 미소를 머금고 눈을
내리깔고 식사 시중을 들기 시작한다. 지배인은 식당 입구
에 머물러 있으면서 종업원들을 지켜보고 있다. 그 역시 미
소를 머금고 있다. 그도 로드리고 파에스트라와 아는 사이
다. 경찰관 한 사람이 호텔 사무실에 들어가 전화를 건다.
증원대를 요청하려고, 이웃 마을을 부르고 있다. 채광창을
때리는 빗소리 때문에 그는 큰 소리를 지른다. 사건이 발각
된 이래 이 마을은 삼엄하게 포위되어 있다. 내일 새벽이면
로드리고 파에스트라를 찾아내는 것은 100퍼센트 확실하
다. 하지만 그때까지는 기다리지 않으면 안 된다. 폭풍우와
정전 때문에 수사는 생각처럼 진척되지 않고 있다. 그러나
이 폭풍우도 여느 때와 마찬가지로 밤이 지나고 날이 새면
그칠 것이다. 그러니까 취해야 할 조치는 이 마을의 출구를
밤새 단단히 지키는 일이다. 동이 트자마자 로드리고 파에
스트라를 쥐새끼처럼 잡기 위해서는 좀더 많은 인원이 필요
하다. 그 경찰관의 요청이 받아들여진 모양이다. 그가 기다

리던 대답이 곧 돌아온다. 지금부터 한 시간 반 뒤인 열 시쯤에 증원대가 도착할 것이다. 아까 시중을 들던 웨이터가 공포에 떨면서 그들의 식탁으로 다가와 피에르에게 말을 건넨다.

"놈들이 붙잡는다 해도, 간신히 붙잡는다 해도, 그는 얌전히 유치장에 처넣어질 사내가 아니지요."

마리아는 포도주를 마시고 있다. 웨이터가 물러간다. 피에르가 마리아 쪽으로 몸을 기울인다.

"그만 좀 마셔, 마리아. 말 좀 들어."

마리아는 팔을 들어, 목소리라는 장애물을 뿌리친다. 클레르는 피에르가 마리아에게 하는 말을 들었다.

"많이 마시지 않았어." 마리아가 말한다.

"그래요." 클레르가 말한다. "여느 때에 비하면 오늘 밤은 조금 마시는 편이에요."

"그렇지?" 마리아가 말한다.

클레르는 한 모금도 마시지 않는다. 피에르가 일어선다. 그도 호텔을 둘러보고 오겠다고 말한다.

이제 호텔 안에 경찰관은 보이지 않는다. 그들은 사무실 옆에 있는 계단을 통해 앞서거니 뒤서거니 하며 나갔다. 비도 내리지 않는다. 호루라기 소리는 계속 들리고 있지만 거리가 멀다. 식당에서는 잡담 나누는 소리와 불평하는 소리가 다시 시작된다. 불평은 주로 스페인 요리가 맛이 없다는 것이지만, 웨이터들은 로드리고 파에스트라가 아직 잡히지 않은 데 우쭐해하면서, 늦게 온 손님들에게 그 요리를 접대하고 있다. 쥐디트는 얌전하게 있다. 이제 하품하기 시작한다. 좀 전의 웨이터가 그들의 식탁으로 돌아와서 클레르에게 당신 참 아름답다고 말한다. 그리고 하던 말을 멈추고 그녀를 다시 한번 바라본다.

"그가 잡히지 않을 가능성도 전혀 없는 건 아닙니다." 그가 말한다.

"그 여자는 페레스를 사랑했나요?" 클레르가 묻는다.

"페레스를 사랑하다니, 그건 있을 수 없는 일입니다." 웨이터가 말한다.

클레르는 웃고, 웨이터는 한창 신이 나서 들뜬 기분에 젖어든다.

"그렇다 해도, 그녀가 페레스를 사랑하고 있었다면 어떻게 되죠?" 클레르가 말한다.

"왜 로드리고가 그런 걸 알아야 하죠?" 웨이터가 묻는다.

그는 물러간다. 클레르는 빵을 조금씩 떼어서 먹는다. 마리아는 술을 마시고, 클레르는 그녀가 마시든 말든 내버려둔다.

"피에르는 돌아오지 않는 걸까?" 마리아가 말한다.

"글쎄."

마리아는 의자를 식탁에 바싹 끌어당겨 몸을 일으키며,

클레르에게 몸을 가까이한다.

"들어봐, 클레르." 마리아가 말한다. "내 이야기를 들어줘."

클레르는 친구의 동작과는 반대로 의자 등받이에 몸을 기댄다. 그녀는 마리아 너머 멀리 떨어진 곳으로 시선을 던지고, 멍한 눈으로 식당 안을 바라본다.

"듣고 있어, 마리아." 그녀가 말한다.

마리아는 원래 자세로 돌아가, 아무 말도 하지 않는다. 짧은 시간이 지나간다. 클레르가 빵을 떼어 먹는 것을 그만둔다. 피에르가 돌아와서, 쥐디트를 위해 호텔 안에서 가장 좋은 복도를 찾으러 갔었다고 말한다. 그는 하늘의 상태를 보고 왔다면서, 폭풍우가 점점 약해지고 있어서 내일은 아마 날씨가 좋아질 것이고, 성 안드레아 성당에서 고야의 그림을 보고 나서, 모두 괜찮다면 아침 일찍 마드리드로 떠날 수 있을 것 같다고 말한다. 비가 다시 내리기 시작한 탓에 그는 여느 때보다 약간 큰 소리로 이야기한다. 그의 목소리는 아름답고 언제나 분명하다. 오늘 밤은 연설조에 가까울 만큼 더한층 명확하다. 그는 고야의 그림을 보지 않고 그냥 가면 아쉬울 거라고 말한다.

"이 비가 오지 않았다면 까맣게 잊고 있었을 거예요." 클레르가 말한다.

그녀는 아무렇지도 않게 그런 말을 했다. 그러나 오늘

저녁 이전이었다면 결코 이런 말은 하지 않았을 것이다. 아까 마리아가 없어지고 두 사람만 남아 있던 황혼 무렵, 어디였더라, 호텔 안 어느 곳에서, 두 사람 사이가 전혀 진전되지 않고 지금까지 지내왔다는 것, 그리고 다시없는 기회를 맞은 것에 우선은 놀라고 이어서 경탄했던 것일까? 그 기회가 두 사람 사이에 무르익어, 마침내 확실한 형태를 갖춘 것은 이 창문 뒤에서였을까, 저 발코니 위에서였을까, 저 복도에서였을까? 이처럼 어두운 하늘을 배경으로, 비 갠 길에 아른거리는 대기 속에서 바라보면, 클레르, 당신 눈은 꼭 비와 같은 색을 띠고 있군. 이런 기회가 없었다면 알아차리지 못했을 거요. 클레르, 당신 눈은 잿빛을 띠고 있군.

그녀는 그에게, 빛 때문이에요, 오늘 밤은 분명 폭풍우 때문에 착각을 일으키고 있는 거예요 — 라고 말했었다.

"내 기억이 틀림없다면, 우린 프랑스를 떠나기 전에 고야의 그림 이야기를 한 것 같아." 마리아가 말한다.

피에르도 생각난다. 클레르는 기억하고 있지 않다. 소나기가 그쳐, 말소리가 잘 들린다. 식당은 점점 비어간다. 복도에 와자지껄한 소리가 울린다. 아마 침대를 여럿이 함께 쓰고 있으리라. 아이들이 옷을 갈아입고 있다. 쥐디트가 잘 시간이다. 피에르는 잠자코 있다. 결국 마리아가 그 말을 꺼낸다.

"쥐디트를 아까 보고 온 복도에 재우고 올게."

"여기서 기다릴게." 피에르가 말한다.

"곧 돌아올게."

쥐디트는 싫어하지 않는다. 복도에는 아이들이 많이 있고, 몇몇 아이는 벌써 자고 있다. 마리아는 오늘 밤은 쥐디트의 옷을 벗기지 않기로 한다. 복도 한가운데, 벽에 딱 붙여 깔아놓은 담요 위에 딸을 눕힌다.

그녀는 쥐디트가 잠들기를 기다린다. 오랫동안 기다리고 있다.

제3장

시간이 꽤 지난 듯, 저녁 무렵의 어스름은 하늘에서 완전히 자취를 감추고 있었다.

"오늘 밤은 이 마을에 전기가 들어오지 않는 걸로 생각해주십시오." 호텔 지배인이 말했었다. "이 고장에서는 흔히 있는 일이지만, 폭풍우가 너무 거세지면 하룻밤 내내 전기가 들어오지 않습니다."

전기는 아직도 들어오지 않는다. 또 폭풍우가 몰려올 모양이다. 하룻밤 내내 소나기가 내렸다 그쳤다 할 것 같다. 하늘은 여전히 낮게 찌푸려 있고, 서쪽으로 향하는 강풍이 여전히 거칠게 몰아친다. 지평선까지 완벽한 아치를 그리며 펼쳐진 하늘이 보인다. 그리고 하늘의 맑은 부분을 끊임없이 침식하려 드는 폭풍우 구역의 경계선도 보인다.

마리아는 지금 서 있는 발코니에서 폭우가 쏟아지고 있는 지역을 바라본다. 그들은 식당에 남아 있다.

"곧 돌아올게." 마리아는 말했었다.

그녀의 뒤쪽 복도에 있는 아이들은 어느 아이나 모두

잠들어 있다. 그들 사이에 쥐디트가 있다. 마리아가 돌아보니, 복도 벽에 걸린 석유램프의 부드러운 불빛에 비친 쥐디트의 잠든 모습이 보인다.

"아이가 잠들면 곧 돌아올게." 마리아는 그들에게 말했었다.

호텔은 만원이다. 방도 복도도. 조금 더 있으면 이 복도에도 사람들이 훨씬 더 늘어날 것이다. 이 호텔 안에, 마을의 한 동네보다도 많은 사람이 들어와 있는 것이다. 마을 앞에는 인적 없는 길이 마드리드까지 뻗어 있다. 폭풍우는 그쪽을 향해 저녁 다섯 시부터 여기저기서 쏟아지다가 번개를 치고, 그러다가는 원래 상태로 돌아오곤 한다. 힘이 다할 때까지. 그것은 언제일까? 오늘 밤 내내 계속될 것 같다.

지금 마을엔 문을 열고 있는 카페가 하나도 없다.

"기다릴게, 마리아." 피에르는 말했었다.

이 마을은 작다. 2헥타르도 채 못 된다. 마을 전체의 윤곽은 정돈된 형태를 갖추고 있지는 않지만, 둥그스름한 모양으로 주변과의 경계는 확실하다. 마을 너머에는 어디를 보아도 나무 한 그루 없는 평야가 펼쳐져 있다. 오늘 밤은 그 기복이 거의 보이지 않지만, 그래도 동쪽으로 시선을 주면 갑자기 깊게 팬 것처럼 보인다. 그곳 시내는, 오늘까지는 바싹 말라 있지만 내일은 범람할 것이다.

시간을 본다면, 열 시다. 밤. 그리고 여름.

경찰관들이 발코니 아래를 지나간다. 수색에 싫증이 나기 시작한 모양이다. 도로의 진창 속을 발을 질질 끌며 걸어간다. 사건이 일어난 지 몇 시간이 지났다. 그들은 날씨 이야기를 하고 있다.

'로드리고 파에스트라는 지붕 위에 있어.'

마리아는 속으로 중얼거린다. 지붕은 눈앞에 보이지만 텅 비어 있다. 그녀가 서 있는 발코니 아래의 지붕이 어렴풋이 빛난다. 사람의 그림자는 보이지 않는다.

그들은 식당에서 기다리고 있다. 어질러진 식탁에 둘러싸여, 그녀에 대해서는 잊은 채, 서로를 집어삼킬 듯이 바라보며, 꼼짝도 않고 있다. 호텔은 만원이다. 얼굴을 마주 보며 있을 수 있는 장소는 거기밖에 없다.

광장 너머 마드리드 방향의 마을 변두리에서 또 호루라기 소리가 울린다. 아무 일도 일어나지 않는다. 왼쪽 거리 모퉁이로 경찰관들이 걸어온다. 그들은 멈춰 섰다가 다시 걸어간다. 대기조와 교대했을 뿐이다. 경찰관들은 발코니 아래를 지나 다른 길로 구부러져 간다.

열 시에서 얼마 지나지 않았다. 식당에 있는 두 사람에게 돌아가야 할 시간은 벌써 지났다. 지금부터 그곳에 가서, 두 사람의 시선을 뚫고 다가가, 의자에 앉아서, 그 놀랄 만한 정보를 새삼스럽게 말하기에는 너무 늦었다.

"들었는데, 로드리고 파에스트라는 마을의 지붕 위에

숨어 있대."

그녀는 발코니를 떠나 복도로 들어와, 다른 아이들 사이에서 자고 있는 쥐디트 옆에 눕는다. 이 아이야말로 그녀의 것, 그녀 자신의 몸이다. 그녀는 딸의 머리에 살짝 입을 맞춘다.

"내 생명."

아이는 눈을 뜨지 않는다. 몸을 약간 움찔거리고 숨을 내쉬더니, 다시 편안한 잠에 빠져든다.

마을도 마찬가지로, 이미 잠에 싸여 있다. 누군가는 아직도 로드리고 파에스트라의 이야기를 하고 있다. 그의 아내는 사랑이 끝난 뒤 알몸인 채 페레스와 나란히 자고 있다가 남편에게 들켰다. 그리고 죽었다. 열아홉 살짜리 시신은 읍사무소에 있다.

일어나 식당에 간다면 술을 한 잔 더 청할 수 있을 것이다. 그녀는 만사니야의 첫 모금을 입에 머금었을 때, 그 뒤에 몸이 편안해진 일을 떠올린다. 그녀는 가만히 누워 있다.

노란빛으로 흔들리는 석유램프의 화열 가리개 너머의 복도 끝에는, 자꾸만 두께를 더해가며 흐르는 하늘이 이 마을을 지붕처럼 덮고 있을 것이다. 하늘은 바로 저기 발코니 난간에 바싹 붙어 있다.

마리아는 일어나 앉았지만, 식당 쪽으로 가기를 망설인다. 식당에서는 그들이 견디기 힘든 욕망에 사로잡힌 것을 놀라워하고 있을 것이다. 단둘이, 어질러진 식탁과, 그들이 나가기만 기다리고 있는 피곤한 웨이터들에게 둘러싸인 채. 하지만 그들에게 웨이터들의 모습 따위는 안중에도 없다.

그녀는 다시 발코니 쪽으로 걸어가 담배에 불을 붙인다. 비는 아직 오지 않는다. 꾸물거리고 있다. 지금 공중에서 부화되고 있지만, 내려오려면 아직은 좀더 있어야 한다. 발코니 뒤에서는 또 몇 쌍의 남녀가 복도를 걸어온다. 그들은 아이들의 잠을 깨우지 않으려고 소리를 죽여 이야기하고 있다. 그들도 눕는다. 잠시 동안은 잠을 청하려고 조용히 있지만, 잠이 오지 않으니까 곧 다시 이야기를 시작한다. 여기저기서, 특히 만원인 실내에서 왁자지껄한 소리가 들려온다. 그 소리는 경찰관들의 발소리가 들릴 때마다 규칙적으로 중단된다.

그 발소리가 지나가면, 부부 사이에 오가는, 느릿느릿하고 피로한 듯한 일상적인 대화가 복도와 객실 안에서 수군수군 들려오기 시작한다. 문 안쪽에서는 반씩 나눠 가진 침대 속에서, 시원한 폭풍우가 만들어낸 2인 1조의 손님들이 여름 이야기, 여름의 폭풍우 이야기, 로드리고 파에스트라의 범죄 이야기를 하고 있다.

드디어 비가 쏟아지기 시작한다. 순식간에 도로가 빗물로 뒤덮인다. 지면은 너무 메말라서, 이렇게 많은 비를 다 흡수할 수가 없다. 광장의 나무들이 바람에 휩쓸려 이리저리 몸부림친다. 마리아는 지붕의 능선 뒤로 보였다 숨었다 하는 나뭇가지를 바라보고 있다. 그리고 번개가 마을과 평야를 푸르스름한 빛으로 밝힌 순간, 시커먼 굴뚝에 바싹 달라붙어 흠뻑 젖은 채 굳어버린 듯한 로드리고 파에스트라의 모습을 알아본다.

소나기는 잠시 더 계속된다. 바람의 힘이 약해지자 다시 정적이 찾아온다. 참으로 오랜만에 희미한 빛이 소리가 없어진 하늘에서 비쳐온다. 그 빛은 강해지기를 바라는 기대에 호응하여 점점 밝아지고 있지만, 또다시 새로운 폭풍우의 징후가 보이면 당장 어두워질 게 뻔하다. 마리아는 그 빛 속에서 로드리고 파에스트라의 희미한 윤곽을, 금방이라도 터져버릴 듯한, 금방이라도 비명을 지를 듯한, 로드리고 파에스트라의 희미한 모습을 바라본다.

경찰의 수색이 다시 시작된다. 하늘이 평온해지자 또 경찰관들이 걸어온다. 그들은 진창 속을 걸어간다. 마리아는 발코니 난간에서 몸을 내밀고 그들을 바라본다. 그들 중 하나가 웃음소리를 낸다. 일정한 간격을 두고, 그때마다 똑같이 울리는 호루라기 소리에 마을 전체가 공명한다. 이번에도 대기조와 교대가 이루어지고 있을 뿐이다. 대기는 아침까지 계속될 것이다.

마리아가 서 있는 곳 이외의 발코니는 호텔 북쪽에 선반처럼 겹쳐져 있다. 그 어디에도 사람의 모습은 없다. 오직

하나, 마리아의 오른쪽 위층에 있는 발코니를 빼고는. 그들이 거기에 있는 것은 조금 전부터일 게 틀림없다. 마리아는 그들이 오는 것을 보지 못했다. 그녀는 사람들이 푹 잠들어 있는 복도 입구 쪽으로 약간 물러선다.

그들이 서로 껴안고 키스한 것은 이번이 처음일 것이다. 마리아는 담뱃불을 끈다. 구름이 빠르게 흐르는 하늘에 그들의 윤곽이 그대로 떠올라 있는 것을 바라본다. 키스하는 동안 피에르의 양손은 클레르의 젖가슴에 닿아 있다. 분명히 그들은 서로 이야기를 나누고 있다. 다만 아주 낮은 목소리로. 최초의 사랑의 말을 나누고 있겠지. 그 말은 입맞춤과 입맞춤 사이에, 억누를 수 없이 용솟음치듯, 입술을 뚫고 떠오른다.

번개가 마을을 납빛으로 물들인다. 번개가 언제 빛날지 예측도 할 수 없이 아무렇게나 빛난다. 번개가 치면, 이제 모든 분별을 내동댕이치고 한 몸이 된 그들의 모습과 함께 그들의 입맞춤도 납빛이 된다. 그가 먼저 상대를 부둥켜안은 것도 이 어두운 하늘의 차광막에 가로막힌 그녀의 눈앞에서였을까? 알 수 없다. 오늘 오후에 당신의 눈은 공포의 빛을 띠고 있었소. 비와 같은 빛깔. 클레르, 나는 당신의 눈을 볼 수 없지만 지금도 분명 잿빛을 띠고 있을 거요.

그 입맞춤 앞, 그들에게서 불과 몇 미터 떨어진 곳에 로드리고 파에스트라가 갈색 담요를 뒤집어쓴 채, 연옥의 고통과도 같은 이 밤이 빨리 지나가기를 기다리고 있다. 새벽이 오면 모든 게 끝난다.

또다시 폭풍우가 태세를 갖추어 두 사람을 떼어놓고, 마리아에게서도 두 사람의 모습을 빼앗으려 하고 있다.

그가 그렇게 하고 있는 동안 그녀도 같은 동작을 한다. 그녀는 양손을 외로운 젖가슴에 대어본다. 그리고 다시 두 손을 내려 발코니를 움켜잡는다. 어쩔 도리가 없다. 그들의 모습이 한 몸처럼 얽혔을 때 그녀는 발코니 앞쪽 끝까지 나가 있었지만, 이제는 복도 쪽으로, 발코니 안쪽으로 물러선다. 복도에서는 다시 불기 시작한 바람이 램프의 등갓에 흐르고 있다. 아니, 그녀는 그들의 모습을 보지 않고는 견딜 수 없다. 또 그들을 바라본다. 그들의 그림자는 저기 지붕 위에 떨어져 있다. 드디어 그들의 몸이 떨어진다. 바람이 그녀의 스커트를 들어 올린다. 번개가 빛나는 틈틈이 그들은 웃었다. 그녀의 스커트 밑에 숨어들었던 바람이 지붕 모서리에 부딪히면서 온 마을을 스쳐 간다. 이윽고 폭풍우가 다가와 마을 전체에 흩뿌리고, 거리와 발코니에서 사람의 모습을 쫓아낼 것이다. 그가 뒤로 물러선 것은, 그녀를 다시 한번, 전보다 더 꽉 껴안기 위해서일 게 틀림없다. 그와 떨어져 있지 않으면 안 되는 고통을 상상하고, 그 때문에 더욱 신선함을 더해주는 행복감에 그녀를 잠기게 하기 위해서. 그들은 눈치채지 못한다. 폭풍우가 오늘 밤 내내 두 사람을 갈라놓으려 하고 있다는 것을, 그들은 아직 모르고 있다.

조금만 더 기다리지 않으면 안 된다. 기다릴 수 없다는 느낌이 솟아올라 초조감이 극에 달한다. 그러다가 갑자기 긴장되었던 마음이 느슨해진다. 피에르의 한쪽 손은 아내가 아닌 다른 여자의 몸을 여기저기 쓰다듬고 있다. 또 한 손은 그녀를 바싹 끌어안고 있다. 그것은 이제, 영원히 끝났다.

밤 열 시 반. 그리고 여름.

그러고 나서 약간의 시간이 흐른다. 드디어 밤이 찾아온다. 그러나 오늘 밤 이 마을에는 사랑을 위한 장소는 없다. 마리아는 이 명백한 사실 앞에 눈을 내리깔고, 그들은 채워지지 않은 갈증을 그대로 간직한 채 남겨질 것이다. 그들의 사랑을 위해 마련된 이 여름밤, 마을이 온통 가득 차 있는 것이다. 번개가 그들의 욕망의 모습을 계속해서 비추어준다. 그들은 여전히 원래의 위치에서 서로 껴안은 채 가만히 서 있다. 그의 손은 지금 그녀의 허리를 두른 채 화석처럼 굳어 있다. 한편 그녀, 저기 있는 저 여자는 양손으로 그의 어깨를 붙잡고 달라붙은 채, 제 입을 그의 입에 대고 열심히 탐하고 있다.

번개가 칠 때마다, 정면에 있는 지붕과, 담요를 뒤집어쓰고 그 꼭대기 굴뚝에 달라붙어 있는 로드리고 파에스트라의 모습이 동시에 밝게 비쳐 드러난다.

거세진 바람이 복도로 밀려 들어와 잠든 아이들 위를

스치고 지나간다. 램프가 하나 꺼졌다. 그러나 아이들의 잠을 깨우게 할 만한 일은 아무것도 없다. 마을은 어둡고 잠들어 있다. 실내도 조용해졌다. 쥐디트의 모습은 얌전하다.

그들은 나타났을 때와 마찬가지로 홀연히 발코니에서 모습을 감추었다. 잠에 빠진 복도의 어두운 곳으로, 그가 껴안은 손을 늦추지 않은 채 그녀를 끌고 갔을 것이다. 발코니에 사람의 모습은 없다. 마리아는 또 손목시계를 본다. 열한 시가 다 되었다. 계속해서 기세를 더해가는 바람 소리에 한아이가 — 쥐디트는 아니다 — 외떨어진 비명을 지르더니, 몸을 뒤척이고는 다시 잠에 빠져든다.

비가 오기 시작했다. 그리고 다시, 무어라 형용할 수 없는 비의 냄새, 진창길에서 김빠진 냄새가 피어오른다. 로드리고 파에스트라의 죽은 형체, 고통에 죽고 사랑에 죽은 그 모습 위에도 비는 들판 위와 똑같이 쏟아진다.

그들은 오늘 밤 이 호텔 안 어딘가에서 단둘이 함께 지낼 만한 곳을 찾아낼 수 있을까? 오늘 밤 안에 그는 어디서 그녀의 얇은 스커트를 벗기려는 걸까? 그녀는 어쩌면 그토록 아름다울까? 당신은 정말 아름다워, 여신처럼 아름다워. 그들의 모습은 비와 함께 발코니에서 완전히 사라졌다.

비 오는 거리도 여름이다. 안뜰도, 욕실도, 주방도 여름이다. 어디나 모두 여름이다. 그들의 사랑을 위한 여름이다. 마리아는 기지개를 켜고 안으로 들어가 복도에 누워 다시 기지개를 켠다. 지금 진행 중일까? 이곳과는 다른, 어둡고 숨 막힐 듯한 어딘가의 복도에는 아무도 없을지도 모른다──예를 들면 저 발코니를 길게 늘인 곳, 바로 이 복도 위 복도의, 기적적으로 잊힌 장소에서, 벽에 바싹 달라붙거나 바닥에 엎드려 일을 치를 수 있지 않을까?

이제 조금만 있으면 내일이 된다. 기다리지 않으면 안 된다. 소나기는 아까보다 오랫동안 계속된다. 비는 세찬 기세로 계속 퍼붓는다. 채광창을 때리는 빗소리가 호텔 전체에 무서운 반향을 일으킨다.

"당신이 오기를 기다리고 있었어, 마리아." 피에르가 말한다.

그들은 비가 개자마자 그녀에게 왔다. 그녀는 쥐디트 옆에 누운 채 두 사람의 그림자가 자기 쪽으로 걸어오는 것을 보고 있었다. 허리께에서 부풀어 오른 클레르의 스커트가 무릎께에서 들려 있다. 복도를 지나가는 바람의 장난이다. 아주 빠른 바람이다. 그 발코니를 떠나 마리아 옆에 올 때까지 그들에게는 별로 시간이 없었다. 그들은 미소를 짓고 있다. 기대하는 게 애초부터 어리석은 짓이었다. 오늘 밤 이 호텔에서는 사랑이 이루어질 수 없었다. 조금 더 기다리지 않으면 안 된다. 앞으로 올 또 다른 밤의 시간을.

"곧 돌아오겠다고 했잖아." 피에르가 말한다.

"실은 피곤했어."

그는 복도 바닥에 누운 사람들 속에서 그녀의 모습을 열심히 찾다가, 하마터면 못 보고 지나칠 즈음에 어두운 식당으로 통하는 복도 끝에 누워 있는 그녀를 발견했다. 그의 이런 거동을 그녀도 줄곧 보고 있었다. 클레르가 그의 뒤를 따르고 있었다.

"왜 안 왔어?" 클레르가 묻는다.

"실은……" 하다가 마리아는 쥐디트를 가리키며 말한다. "이 아이가 무서워할 것 같았어."

피에르는 미소를 짓고 있다. 그의 시선은 마리아에게서 떠나, 복도 끝, 발코니에 면한 창이 열려 있는 곳으로 향한다.

"지독한 날씨군." 그가 말한다.

그는 그 창을 보고는, 정말 아무 일도 없이 끝나버린 그 순간을 아쉬워하며 머릿속에서 떨쳐내려 하는 듯하다. 두려워하고 있는 걸까?

"그런데 하룻밤 내내 이 모양이군. 날이 밝으면 끝나겠지만." 그가 말한다.

불안정하게 떨리는 목소리. 듣기만 해도 짐작이 간다. 목소리까지도 그 여자에 대한 욕망에 사로잡혀 있다.

이번에는 클레르가 쥐디트에게, 갈색 담요에 싸인 작고 꼬부린 모습을 보고 미소를 짓는다. 그녀의 머리카락은 발코니에서 맞은 비로 아직 젖어 있다. 그 눈은 석유램프의 노란 불빛을 받고 있다. 당신의 눈은 파란 보석이야. 당신의 눈을 먹고 싶어, 당신의 눈을, 하고 그는 그녀에게 말했다. 하얀 스웨터 밑으로 젊은 가슴이 또렷하게 드러나 있다. 불만으로, 순전히 불만스러운 일만 진행됨에 따라 마비된 푸른 시선은 광포함을 띠고 있다. 그 시선이 쥐디트에게서 떠나 피에르 쪽으로 돌아왔다.

"또 카페에 갔었어?"

"아니. 줄곧 여기 있었어."

"마드리드로 떠나지 않기를 잘했어." 피에르가 말한다. "안 그래, 마리아?"

그는 다시 열린 창문 쪽을 바라본다.

"정말 잘했어."

호루라기 소리가 거리에 울려 퍼진다. 사태가 끝난 걸까? 두번째 호루라기 소리는 울리지 않는다. 세 사람 다 잠자코 기다린다. 아무 일도 없다. 또 대기조가 기다리고 있을 뿐이다. 도로의 진흙이 묻어 무거워진 발걸음 소리가 마을의 북쪽으로 멀어져간다. 세 사람 다 그 사건에 대해서는 언급하지 않는다.

"오늘 밤은 덥지 않네." 클레르가 말한다.

마리아는 쥐디트의 머리를 쓰다듬어준다.

"정말 그래. 여느 때에 비하면. 서늘한 편이야."

클레르의 가슴을 보기만 해도 마리아는 두 사람이 서로

사랑하고 있다는 것을 알 수 있다. 그들은 욕망으로 가슴이 찢어질 것 같으면서도, 그녀 옆에 따로따로 떨어져 누울 것이다. 그런데도 그들은 둘 다 미소를 띠고 있다. 두 사람 다 죄의식과 공포에 사로잡혀 있으면서도 행복한 모습을 하고 있다.

"우린 계속 기다렸어." 피에르가 말한다.

클레르도 눈을 들었다. 그녀는 다시 눈을 내리깐다. 그 얼굴에는 마음에도 없는, 그렇다고 지워 없앨 수도 없는 미소만 남아 있다. 눈을 내리깔고는 다시 그 미소로 되돌아가는 걸 보기만 해도 마리아는 짐작이 간다. 얼마나 빛나는 영광인가. 감긴 저 눈 뒤에는 어떤 영광이 빛나고 있는 걸까. 그들은 그들만의 장소를 찾아서 호텔 안을 구석구석 돌아다녔을 것이다. 하지만 찾을 수 없었고, 그래서 포기했을 것이다. 마리아가 우릴 기다리고 있소, 하고 피에르가 말했다. 이제부터 그들을 기다리고 있는 것은 어떤 미래일까.

피에르의 양손은 양옆을 따라 길게 늘어져 있다. 그 손들은 지난 8년 동안 그녀의 몸을 애무해왔다. 그런데 이제, 그 손들 때문에 생겨난 재난 속에 클레르가 뛰어든 것이다.

"나도 자야겠어." 그녀가 말한다.

그녀는 호텔 측에서 작은 원탁 위에 쌓아둔 담요를 한 장 가져온다. 그녀는 여전히 미소를 띤 채 담요를 뒤집어쓰고 한숨을 내쉬면서 석유램프 밑에 눕는다. 피에르는 움직이지 않는다.

"잘게." 클레르가 말한다.

이번에는 피에르가 담요를 가져와, 마리아의 옆, 복도 반대쪽에 눕는다.

로드리고 파에스트라는 세 사람으로부터 20미터 떨어진 그곳에 아직도 있을까? 있을 것이다. 경찰관이 또 거리를 지나간다. 클레르가 또 한숨을 내쉰다.

"이젠 정말로 자야지." 그녀가 말한다. "잘 자, 마리아."

"너도 잘 자."

피에르가 담배에 불을 붙였다. 복도의 서늘한 공기 속으로, 복도에 감도는 비 냄새와 클레르의 체취 속으로, 몇 사람의 고른 숨소리가 떠오른다.

"서늘하군." 피에르가 소리를 죽여 말한다.

시간이 흐른다. 마리아는 피에르에게 다시 말해야 할지도 모른다. '미쳤다고 말할지 모르지만, 로드리고 파에스트라는 바로 저기 저 지붕 위에 있어. 저 바로 앞 지붕 위에. 날이 새면 금방 잡히고 말 거야.'

마리아는 아무 말도 입 밖에 내지 않는다.

"피곤해?" 피에르가 더욱 소리를 죽여 묻는다.

"평소만큼은 피곤하지 않아. 비가 내린 덕분이겠지. 은혜로운 비야."

"맞아." 클레르가 끼어든다. "나도 다른 때 밤만큼은 피곤하지 않네."

그녀는 자고 있지 않았다. 바람이 한바탕 불어와 마지막 램프를 꺼버린다. 또다시 번개가 복도 끝에서 빛난다. 마리아는 가볍게 몸을 뒤척이며 돌아눕는다. 그러나 피에르나 그녀가 있는 곳에서는 지붕이 보이지 않는다.

"언제까지고 끝날 것 같지 않군." 피에르가 말한다. "불을 켜줄까, 마리아?"

"그럴 필요 없어. 이대로가 좋아."

"나도 이대로가 좋아요." 클레르가 또 입을 연다.

그녀는 말을 멈춘다. 마리아는 알고 있다. 그녀가 잠들기를 피에르가 애타게 기다리고 있다는 걸. 그는 이제 담배를 피우지 않는다. 벽에 기댄 채 가만히 앉아 있다. 그러나 클레르가 다시 입을 연다.

"내일은 날이 밝자마자 마드리드의 호텔 방을 예약해야겠어요."

"정말 그래야겠소."

그녀가 하품을 했다. 피에르와 마리아는 그녀가 잠에 빠져들기를 기다리고 있다. 비는 억수같이 퍼붓고 있다. 사람들이 학수고대하던 폭풍우를 한 번에 몽땅 대신해 맞고 죽을 수도 있을까? 지붕 위에 보였던 로드리고 파에스트라의 모습이야말로 바로 그 경우가 아닐까, 하고 마리아는 새삼스럽게 생각한다.

마리아는 피에르가 자지 않고 아내인 자기한테 주의를 기울이고 있다는 것을 알고 있다. 그리고 클레르에 대한 욕망이 아내를 생각하고 나서 지금은 많이 약해져 있다는 것도, 아내가 두 사람에 대해 뭔가 낌새를 챈 게 아닐까 하는 불안 때문에 그의 기분이 어두워져 있다는 것도, 과거의 두 사람 사이와 비교하여 오늘 밤 마리아가 새로운 고독에 빠져버린 건 아닐까 하고 그의 마음이 동요하고 있다는 것도 알고 있다.

"자?"

"아니."

그들은 다시 한번 소리 죽여 대화를 나눈다. 그들은 기다리고 있다. 이젠 괜찮다. 클레르는 깊이 잠들었다.

"몇 시야?" 마리아가 묻는다.

비가 멎자마자 경찰이 움직이기 시작한다. 그것은 로드리고 파에스트라의 귀에도 들릴 것이다. 피에르는 막 불을 붙인 담뱃불로 시계를 본다.

"열한 시 이십 분. 담배 피우겠어?"

마리아도 마침 피우고 싶던 참이다.

"많이 밝아졌군." 피에르가 말한다. "이제 조금 있으면 날씨도 좋아질 거야. 자, 여기."

그가 담배를 그녀에게 내민다. 그들은 불을 붙이는 동안 몸을 조금 일으켰다가 다시 눕는다. 마리아는 복도 끝에 있는, 발코니의 검푸른 막을 힐끔 바라보았다.

"이런 밤은 유난히 길게 느껴져." 피에르가 말한다.

"그래. 하지만 좀 자려고 해봐."

"그러는 당신은?"

"만사니야를 한잔했으면 좋겠는데…… 어렵겠지?"

피에르는 뭐라고 대답하기 전에 잠시 기다린다. 마지막으로 아주 약한 소나기가 로드리고 파에스트라의 몸을 다시 뒤덮는다. 거리에서 작은 노랫소리와 웃음소리가 난다. 이번에도 다시 경찰관들이다. 그러나 복도에는 고요가 넘치고 있다.

"술을 좀 줄여보는 게 어때? 한 번만이라도."

"안 돼." 마리아가 말한다. "더는 안 돼."

바깥 도로에서 흙냄새가 잘 익은 그리고 비에 젖은 밀냄새와 함께 한없이 피어오른다. 피에르에게 말할까. '무슨 미친 소리냐고 할지 모르지만, 로드리고 파에스트라는 저기 있어. 바로 저기. 날이 새면 금방 잡혀버릴 거야.'

그러나 그녀는 아무 말도 하지 않는다. 입을 연 것은 피에르 쪽이다.

"당신, 기억나? 베로나?"

"그럼."

손을 뻗으면 피에르는 마리아의 머리카락을 만질 수 있을 것이다. 그는 베로나에서 있었던 일을 이야기했다. 베로나의 욕실에서 하룻밤 내내 둘이서 나누었던 사랑을. 그때도 폭풍우가 쏟아지고 있었고, 역시 여름이었고, 그리고 호텔은 만원이었다. "마리아." 그는 놀라고 있었다. "도대체 언제쯤이면 당신에게 싫증이 느껴질까?"

"담배 하나 더 줘."

그가 담배를 건네준다. 이번에는, 그녀는 몸을 일으키지 않는다.

"베로나 이야기를 꺼낸 건, 말하지 않고는 견딜 수가 없었기 때문이야."

진흙과 밀 냄새가 복도로 흘러 들어온다. 호텔도, 마을도, 로드리고 파에스트라와 그에게 살해된 사람들도, 베로나에서의 사랑의 하룻밤, 그 마르지 않는 그러나 너무나도 공허한 추억도, 그 냄새 속에 잠겨 있다.

클레르는 깊이 잠들어 있다. 갑자기 그녀가 몸을 뒤척이면서, 잠에 빠져든 마을에 흐르는 밀 냄새와 오늘 밤 피에르의 손이 몸을 더듬은 기억 때문에 신음 소리를 낸다. 피에르도 클레르의 신음 소리를 듣고 있다. 그것은 그대로 지나쳐간다. 클레르는 얌전해진다. 그리고 피에르 옆에 있는 마리아에게는 이제 아이들의 고른 숨소리밖에 들리지 않는다. 경찰관들이 지나가는 소리가 그 숨소리를 덮을 때도 있지만, 아침이 가까워짐에 따라 그들이 일정한 간격을 두고 순찰하고 있는 것이 점차 확실해진다.

"아직도 안 자?"

"잠이 안 와. 지금 몇 시야?"

"열두 시 십오 분 전. 담배 줄까?"

"응. 스페인에서는 몇 시쯤 날이 샐까?"

"요즘 계절에는 아주 빠를걸."

"당신한테 말하고 싶은 게 있었어."

그녀는 그가 내민 담배를 받아 든다. 그의 손이 조금 떨리고 있다. 그는 다시 누워 그녀에게 묻는다.

"뭘 말하고 싶었는데?"

피에르는 대답을 기다린다. 오랫동안 기다리고 있지만, 대답은 없다. 그도 굳이 재촉하지 않는다. 두 사람 다 반듯이 누운 채 담배를 피우고 있다. 일어나 바닥에 앉으면 엉덩이가 배길 테니까. 몸에 걸린 쥐디트의 담요 자락도 피에르의 시선을 뿌리치고 달아날 수는 없다. 담배를 피우는 틈틈이 눈을 감으려다가 다시 뜨고, 꼼짝도 하지 않은 채 침묵을 지킬 수밖에 없다.

"이 호텔을 찾아낸 것만도 운이 좋았어." 피에르가 또 입을 연다.

"그래, 정말 운이 좋았어."

그는 그녀보다 담배를 빨리 피운다. 그는 한 대를 거의 다 피우고 있다. 그는 꽁초를 복도 중앙, 그와 마리아가 누운 곳 옆에 남아 있는, 깊이 잠든 사람들 틈새에 눌러 끈다.

소나기는 이제 클레르가 숨을 한 번 쉴 정도의 짧은 동안만 계속된다.

"사랑해. 알지?"

마리아의 담배도 끝까지 타들어갔다. 마리아는 그것을 피에르와 마찬가지로 복도 바닥에 눌러 끈다.

"알아." 그녀가 말한다.

무슨 일이 일어나고 있는 걸까? 무슨 일이 일어나려 하고 있는 걸까? 정말로 폭풍우는 끝난 걸까? 소나기가 올 때는 마치 채광창이나 지붕 위에 양동이로 물을 쏟아붓듯이 내린다. 샤워 같은 소리가 몇 초간 계속된다. 폭풍우가 이런 양상을 띠기 전에 깊이 잠들었어야 했는데. 이렇게 되기 전에, 잠을 설치는 밤에 대한 각오를 해두었어야 했다.

"잠 좀 자둬."

"응. 하지만 소리 때문에."

마음만 먹으면 그녀는 빙 돌아누워, 그의 몸 위에 제 몸을 밀착시킬 수도 있다. 그렇게 되면 두 사람은 일어날 것이다. 둘이서 클레르의 잠에서 멀리 떨어진 곳으로 갈 것이고, 밤이 깊어짐에 따라 그녀의 존재는 두 사람의 마음에서 잊힐 것이다. 그도 그걸 알고 있다.

"마리아, 내 사랑."

"아……"

그녀는 움직이지 않는다. 거리에서 또 호루라기가 울

려, 새벽이 다가오고 있다는 것, 착착 다가오고 있다는 것을 일깨워준다. 번개는 이제 멀리서 아주 희미하게 보일 뿐이다. 클레르가 또 제 허리를 끌어안았던 피에르의 손을 생각하며 신음 소리를 내고 있다. 그러나 그 소리도, 펠트 천을 맞비비는 듯한 아이들의 숨소리와 같이, 버릇이 되고 있다. 비 냄새가 클레르의 특이한 욕망을 뒤덮어, 오늘 밤 이 마을에 들끓고 있는 욕망과 조금도 다를 바 없는 것으로 만들어버린다.

마리아는 조용히 몸을 일으켜 피에르 쪽으로 약간 돌아눕다가, 곧 그 동작을 멈추고 그를 바라본다.

"미친 소리 같지만, 로드리고 파에스트라를 보았어. 저 지붕 위에 있어."

피에르는 잠들어 있다. 어린아이처럼, 갑자기 그대로 잠들어버린 것이다. 마리아는 그가 언제나 그랬다는 것을 생각해낸다.

그는 자고 있다. 그걸 확인하자 저절로 미소가 떠오른다. 그녀는 이렇게 되기를 기다리고 있었던 건 아닐까?

그녀는 몸을 약간 일으킨다. 그는 움직이지 않는다. 그녀는 완전히 일어나, 잠에 빠져 있는, 그래서 이제는 자유로워진 그의 외로운 몸에 가볍게 손을 대어본다.

마리아는 발코니로 나가서 손목에 찬 시계를 본다. 열두 시 반이다. 요즘 계절이라면, 앞으로 세 시간도 지나기 전에 날이 샐 것이다. 로드리고 파에스트라는 그녀가 처음 보았을 때와 똑같은 죽음의 자세로, 새벽과 함께 찾아올 죽음을 기다리고 있다.

제4장

마을 상공엔 구름이 높아졌다. 그러나 먼 하늘은 여전히 밀밭과 거의 닿을 만큼 낮게 떠 있다. 하지만 폭풍우는 이제 끝났다. 번개는 전만큼 심하지 않다. 천둥소리도 약해졌다. 두 시간 반이 지나면, 날씨야 어떻든 날이 밝을 것이다. 구름에 뒤덮인 불길한 새벽, 로드리고 파에스트라에게는 저주스러운 새벽이다. 지금은 호텔 사람들도 마을 주민들도 잠들어 있다. 마리아와 로드리고 파에스트라를 빼고 모두.

경찰의 호루라기 소리가 그쳤다. 그들은 로드리고 파에스트라가 붙잡힐 때까지 아침을 기다리며 ──앞으로 두 시간 반 남았다── 모든 출구를 감시하는 한편, 마을 주위를 순찰하고 있다.

마리아는 잠잘까 생각해본다. 그럴수록 술을 마시고 싶어서 견딜 수가 없다. 새벽까지 기다린다는 건 아마 무리일 것이다. 한밤중의 그 순간이 다가왔다. 싫어도 맞이하지 않으면 안 되는 내일이라는 날에 대한 피로감을 새삼 느끼게 해주는 순간이다. 내일이 올 것을 예상하기만 해도 벌써 진절머리가 난다. 내일은 그들의 애정이 더욱 발전할 것이다. 기다리지 않으면 안 된다.

마리아는 새로운 소나기가 다시 하늘을 갈라도 여전히 발코니에 남아 있다. 비는 약하고, 대기는 여전히 따뜻하다.

그녀의 맞은편에 있는 경사진 지붕도 빗물에 씻기고 있다. 그 꼭대기, 네모난 굴뚝 옆, 두 개의 경사면을 가르는 능선 위에, 마리아가 열 시 반에 번갯불 속에서 보았던, 그 후 조금도 형태가 변하지 않은 물체가 있다. 그 물체는 검은 빛깔로 싸여 있다. 그 위에도 비가 지붕 위에 내리듯 내리고 있다. 드디어 비가 그친다. 그리고 그 형체는 그 자리에 남는다. 그것은 너무도 완벽하게 굴뚝의 형태와 동화되어 있어서, 오랫동안 바라보고 있으면 그게 사람이라는 사실이 의심스러워진다. 저것은 시멘트이고, 시간이 흐르면서 검어진 굴뚝 기둥이라는 기분도 든다. 한참을 그렇게 생각하고 있는데, 번개가 지붕을 비출 때면 그것은 다시 인간의 형태를 취한다.

"웬 날씨가 이래?" 마리아는 피에르에게 말을 거는 듯한 투로 말한다. 그러고 나서 기다린다.

그 형체는 좀 전의 모습 그대로다. 저게 인간일 가능성은 천에 하나 정도. 피로에 지친 경찰관들이 말도 없이 물 튀는 소리를 내면서 길을 지나간다. 그들은 가버렸다.

마리아는 이때다 싶어 불러본다.

"로드리고 파에스트라."

그가 대답할지도 모르고, 어쩌면 몸을 움직여 그 목석같은 형체를 풀지도 모른다는 상상만 해도 기쁨이 넘친다.

"이봐요." 마리아는 소리와 함께, 지붕 쪽을 향해 몸짓을 해 보인다.

아무 움직임도 없다. 마리아는 졸음이 점차 사라져간다. 술에 대한 욕구만 남는다. 그녀는 차 안에 코냑이 한 병 있는 것을 생각해낸다. 아까 피에르에게 술 이야기를 할 때는 그저 가볍게 한잔하고 싶다는 정도였는데, 이제는 그 욕구가 강렬해져 있다. 식당에 불이 켜져 있으면 마시고 싶은 마음을 북돋아주지나 않을까 하고, 그녀는 복도를 바라보고 복도 너머를 바라본다. 불빛은 없다. 피에르에게 부탁하면 들어줄 것이다. 오늘 밤 같으면 웨이터를 깨우러 갈 것이다. 그러나 그녀는 그러고 싶지 않다. 피에르를 깨우지 않는다. "사랑해. 알지?" 그녀가 복도를 떠난 뒤 그는 클레르 옆에서 자고 있다. 클레르 옆에서 잠들어 있는 것이다. 그는 자고 있다, 자고 있다. 만약 저것이 로드리고 파에스트라라면, 특히 오늘 밤의 마리아에게는 얼마나 다행한 일일까. 무료함을 달래기에는 안성맞춤이 아닌가. 그렇게 되면 이번엔 클레르가 문제다.

"이봐요, 거기요." 마리아는 또 외친다.

60

기다리지 않으면 안 된다. 어떻게 저 형체가 인간이라고 할 수 있지? 저게 그 사람이다, 인간이다 ─ 라는 것은 천에 하나쯤 생각할 수 있는 일이다. 정말로 그렇게밖에는 생각할 수 없는 일이다. 오늘 밤 이 가능성에 눈을 감아야 할 이유가 어디 있지?

"이봐요." 마리아는 또 외친다.

또다시 경찰관의 발걸음 소리가 들린다. 새벽을 향해 다가가는 느리고 둔탁한 발걸음. 마리아는 입을 다문다. 저게 정말 로드리고 파에스트라일까? 그럴 수도 있다. 저게 로드리고 파에스트라라는 것은 있을 수 있는 일에 속한다. 그녀가 마리아인 이상, 그가 그녀, 특히 오늘 밤 마리아와 만난다는 것은 있을 수 있는 일에 속한다. 그 증거가 눈앞에 있지 않은가? 그것을 증명하는 일은 절박하다. 마리아는 저게 로드리고 파에스트라라고 굳게 믿고 있다. 저게 그라는 사실은, 경찰의 수배를 받고 있는 남자, 폭풍우 속의 살인자, 그 고통의 기념비로부터 11미터 떨어진 곳에 있는 여자를 빼고는 아무도 모른다.

비가 또 조용히 그의 몸 위에 내리고 있다. 다른 지붕, 밀밭, 거리에도 내리고 있다. 그 형체는 움직이지 않는다. 그것은 체포되기를, 새벽의 죽음을 기다리고 있다. 새벽에는 지붕이 조금씩 밝아질 것이다. 폭풍우가 밀밭과 이 고장을 지나가버리면 붉은빛 새벽을 맞이하게 될 것이다.

"로드리고 파에스트라, 로드리고 파에스트라." 마리아는 불러본다.

그는 죽고 싶은 걸까? 아, 경찰이다. 그들은 마을 주민의 잠을 깨우지 않으려고, 말도 없이 서로 부르지도 않고, 경찰의 힘을 굳게 믿으며 순찰하고 있다. 그들은 진창으로 변한 오른쪽 도로로 구부러진다. 그들의 발소리에는 반향이 없다. 마리아는 전보다 약간 더 소리를 높여 불러본다.

"대답해봐요, 로드리고 파에스트라. 대답해줘요."

그녀는 발코니의 철제 난간에 기대어 있다. 난간이 흔들린다. 그녀의 심장이 뛰고 있는 것이다. 그는 응답하지 않았다. 희망은 엷어져, 있으나 마나 한 존재가 되었다가, 이윽고 흔적도 없이 사라져간다. 저게 그 사람인지 아닌지는 새벽이 되면 알게 될 것이다. 그러나 그때는 이미 늦다.

"로드리고 파에스트라, 부탁이니 제발 대답해줘요."

그 사람이 아닌 걸까? 무엇 하나 확실하지 않다. 그래주었으면 하고 바라는 그녀의 마음만 빼고는.

복도에서 누군가가 기침을 했다. 바스락 움직이는 소리가 난다. 피에르다. 그일 게 뻔하다.

지금부터 이틀 안에 피에르와 클레르는 맺어질 것이다. 그러기 위해서라면 그들은 헌신적인 노력을 할 것이다. 적당한 장소를 찾아낼 게 틀림없다. 그다음 어떻게 될지는 아직 모른다. 예측할 수도 없는 시간의 심연이다. 폭풍우 너머에 펼쳐져 있는 시간의 길이는, 아직 그들은 물론 마리아에 게도 알려져 있지 않다. 마드리드가 그 출발점이 될 것이다. 내일이다.

좋은 말이 없을까? 뭐라고 말하면 좋을까?

"로드리고 파에스트라, 날 믿어요."

벌써 오전 한 시다. 새벽까지 시간이 흐르는 것 말고 아무 일도 일어나지 않는다면, 로드리고 파에스트라는 두 시간 안에 붙잡힐 것이다.

마리아는 발코니에서 몸을 내민 채 그 남자를 응시한다. 그의 머리 위에 있는 하늘은 밝다. 지금은 비가 그쳤을 것이다. 넓고 시원한 하늘에, 푸른 창공의 일부와 밝은 달이 나타난 모양이다. 굴뚝 주위에서는 움직이는 기척이 전혀 없다. 지상으로 떨어진 비가 지붕에서 흘러내리듯 그 모습에서도 졸졸 흘러내린다. 어쨌든 총이 불을 뿜을 것이다. 그는 새벽이 되어도 투항하지 않을 것이다. 그 마지막 장소에서, 면허를 가진 저격수의 손에 살해되기를 기다리고 있는 게 확실하다.

마리아는 몸을 발코니 밖으로 내민 채 노래를 부르기 시작한다. 아주 작은 목소리로. 그도 알고 있을 터인, 그해 여름에 유행한 노래다. 무도회가 열리는 밤이면 그도 이 곡에 맞추어 아내와 춤을 춘 적이 있을 것이다.

마리아는 노래를 멈춘다. 그리고 기다린다. 확실히 날

씨는 좋아졌다. 폭풍우는 멀리 사라졌다. 아름다운 새벽이
될 것이다. 붉은빛 새벽. 로드리고 파에스트라는 살고 싶지
않은 거다. 노래를 불러도 그 형체에는 아무런 변화가 없다.
그 형체는 점점 제 모습을 드러낸다. 부드럽고 길고, 모서리
가 없는 형체, 그리고 동체로부터 튀어나온 작은 머리, 갖다
붙인 것처럼 어색한 그 둥그스름한 모양. 사람이다.

마리아는 밤의 한복판에서 오랫동안 불평을 한다. 꿈을
꾸는 듯한 기분이 든다. 그 형체는 움직이지 않는다. 그 형
체가 움직이지 않는다고 꿈을 꾸는 듯한 기분이 든 것은 그
형체가 로드리고 파에스트라일 거라고 생각한 순간부터다.
그 형체를 향하여 마리아는 자신의 운명을 한탄한다.

마을이 마치 감옥처럼 추상적이 된다. 이젠 밀 냄새도
나지 않는다. 비는 너무 심했다. 시간은 너무 느리다. 이젠
밤 이야기를 할 형편도 못 된다. 그러면 도대체 무슨 이야기
를 하면 좋을까?

"이봐요, 로드리고 파에스트라, 제발 부탁이니까 아무
말이나 해봐요."

코냑 한 모금만 마실 수 있다면 이 남자를 포기해도 좋
겠다는 생각까지 든다. 그렇다고 금방 코냑을 가지러 갈 마
음도 없다. 둘이서 하면 무언가 할 수 있을지도 몰라요. 로
드리고 파에스트라, 두 시간만 지나면 날이 새요.

그녀는 지금 아무 의미도 없는 말을 하고 있다. 터무니

없는 고생이다. 그녀는 그를, 이 짐승 같은 고뇌의 존재를 불러본다.

"이봐요, 거기요."

동물을 대하듯 상냥한 목소리로 계속 불러본다. 점점 소리를 크게 하면서, 그녀는 뒤쪽의 발코니 창을 닫았다. 누군가가 뭐라고 중얼중얼하더니, 또 깊이 잠들어버린다.

경찰관들이 나타났다. 이쪽으로 다가온다. 방금 도착한 경찰대라, 아마 기운이 팔팔할 것이다. 서로 이야기를 주고받고 있다. 이전의 경찰관들보다 많이 지껄인다. 새벽을 대비한 증원대다. 그들이 온다는 소문은 호텔에도 쫙 퍼져 있었다. 그들은 날씨 이야기를 하고 있다. 마리아는 발코니 난간에서 몸을 내밀고 그들을 바라본다. 그들 중 한 사람이 눈을 들어 하늘을 바라보다가, 마리아의 모습에는 시선도 주지 않고, 폭풍우가 정말로 멎었군, 이 일대에서는 완전히 가버렸어, 하고 말한다. 멀리 광장 근처에 희미한 빛이 보인다. 증원대를 태우고 온 트럭일까? 아니면 경찰관들이 새벽과 함께 마을을 포위하는 동안 먹고 마실 수 있도록, 범죄가 일어난 오늘 밤만 특별히 이렇게 이른 시간에 문을 연 카페의 불빛일까? 서른 명의 증원대가 온다고 호텔에서는 수군대고 있었다. 마리아의 젖은 머리카락에서 비가 땀처럼 흘러내린다. 순찰대는 지나가버렸다.

"이봐요, 이봐요." 마리아는 또 동물을 부르듯 부른다.

달은 구름 뒤에 숨어 있지만 비는 내릴 것 같지 않다. 그는 아무 대답도 하지 않는다. 한 시 십오 분이다. 구름이 하늘을 건너가는 동안은 그의 모습을 잘 볼 수 없었다. 그러다가 다시 하늘에서 구름 덮개가 사라진다. 비는 그쳤다. 그가 굴뚝 주위에 다시 나타난다. 여전히 꼼짝도 않고 있다. 영원히 머물러 있을 것처럼.

"당신은 바보군요." 마리아가 외친다.

마을에서는 아무도 눈을 뜨지 않았다. 아무 일도 일어나지 않는다. 그의 모습은 천을 뒤집어쓴 채 우직하게 굳어져 있을 뿐이다. 호텔에서도 무엇 하나 움직이지 않는다. 그러나 호텔 옆집 창문에 불이 켜졌다. 마리아는 약간 뒤로 물러선다. 기다리지 않으면 안 된다. 창문의 등불이 꺼진다. 더는 부를 수 없다. 호텔 안에서 누군가가 소리를 질렀다. 투숙객인가 본데, 잠을 자러 돌아온 모양이다. 다시 죽음과도 같은 고요. 그리고 그 고요 속에서 마리아는 또 욕설을 던진다.

"바보, 바보, 바보 같으니." 그녀는 작은 소리로 말하고 나서 얌전히 기다린다.

또 순찰대다. 마리아도 욕설을 멈춘다. 순찰대가 지나갔다. 그들은 가족 이야기, 봉급 이야기를 하고 있었다. 마리아에게 총이 있다면 저 형체를 겨누어 쏠 것이다. 그렇게 해서 결말을 지을 것이다. 마리아의 블라우스는 마르지 않은 빗물 때문에 어깨에 달라붙어 있다. 그래도 새벽을 그리고 로드리고 파에스트라의 죽음을 기다려야 한다.

그녀는 이제 부르지 않는다. 그는 알고 있을 것이다. 그녀는 다시 복도의 문을 열었다. 그녀는 바라본다. 보인다. 그들이. 끔찍하게 떨어져 자고 있다. 그녀는 오랫동안 그들을 바라보고 있다. 사랑은 아직 채워지지 않았다. 얼마나 대단한 인내심인가. 그녀는 발코니에서 떠나지 않는다. 그녀가 여기에 있다는 것을 로드리고 파에스트라는 잘 알고 있다. 그는 아직 숨을 쉬면서, 밝아오는 이 밤을 잘 버텨내고 있다. 그는 저곳, 같은 장소에서 그녀와 지리적으로 맺어져 있다.

여름에 흔히 있는 경이로운 기상 현상이 일어난다. 지평선에서 안개가 피어오르더니, 이윽고 하늘 전체로 점차 퍼져간다. 폭풍우가 소멸된 것이다. 비는 걷혔다. 새벽을 앞둔 하늘에 별들이 나와 있다. 별을 보면 울고 싶어진다.

마리아는 이제 부르지 않는다. 또 욕설을 던지지도 않는다. 그를 욕하고 난 뒤로는 한 번도 부르지 않았다. 그러나 그녀는 두려움 때문에 동물처럼 바보가 된 그의 모습에 시선을 쏟은 채 발코니에 머물러 있다. 마리아 자신의 모습도 마찬가지다.

15분이 지나고, 또 그만큼 새벽을 향해 흐르는 시간이 줄어든다. 새벽은 가장 먼저 밀밭을 파고들고, 이어서 저 정면에 있는 지붕을 완전히 씻어내고, 하룻밤 내내 두려움에 시달린 그의 모습을 그녀 이외의 사람들 눈에도 속속들이 드러낼 것이다. 아니, 마리아는 이제 부르지 않는다. 그럴 시간은 이미 지나가 묻혀버렸다. 그녀는 앞으로도 부르지 않을 것이다. 절대로 두 번 다시 부르지 않을 것이다.

밤은 현기증이 날 듯한 빠른 걸음으로, 그 조용한 시간의 흐름에 애가 타는 듯, 부지런히 걸어간다.

뒤이어 일어난 사건은 없다. 괴로운 상태가 지속되는 것 외에는 아무 일도 없다. 마리아는 그것을 인정한다.

한 가지 가능성이 남아 있다. 그녀가 아직도 거기, 그녀의 자리에서 그를 기다리고 있는 것을 볼 수만 있다면. 그리고 그가 마지막으로 친절한 행동을 보여야겠다고 생각해서 그녀에게 신호를 보낸다면. 그녀가 이 발코니에서 불안하게 기다리고 있는 동안에도 시간이 흘러가고 있다는 것, 그녀가 어쩌면 새벽까지 머물러 있으리라는 것을 그가 기억해낼 가능성. 그녀 덕분에 그가 잠시나마 절박한 절망에서 벗어나, 전쟁이라든가 도주라든가 증오 같은 인간적 행동의 어떤 일반 원칙을 기억해낼 가능성. 그의 고장을 향해 다가오고 있는 붉은빛 여명을 기억해낼 가능성. 이런 이유들이 모두 사라진 뒤에도 결국 끝까지 살아가야 할 평범한 이유.

이제 한 줄기 푸른빛이 하늘에서 비치고 있다. 호텔 발코니에서 자기 쪽을 바라보고 있는 여인의 모습을 그가 보지 못한다는 건 있을 수 없는 일이다. 설사 그가 죽음을 원하고 있다 할지라도, 그가 유별난 운명을 감수할 작정이라 할지라도, 마지막으로 한 번쯤 그녀에게 반응을 보일 수도 있을 것이다.

또 저승사자 같은 경찰관들이 왔다. 그들은 지나갔다. 그리고 주위는 조용해진다. 마리아의 뒤쪽에 하늘의 푸른빛이 강하게 비쳐, 클레르와 피에르가 따로 떨어진 채 잠들어 있는 복도가 보인다. 극히 미묘한 엇갈림, 수면이라는 엇갈림이 아직도 몇 시간은 그들을 떼어놓고 있다. 내일이 되면 마드리드의 호텔에서 그들의 사랑이 이루어질 것이다. 들어본 적도 없는 소리를 외치며. 오오, 클레르.

그녀가 뒤돌아보고 있는 동안, 그는 다시 그녀를 볼 수 없다고 체념한 걸까? 검은 수의에서 무언가가 나왔다. 새하얀 것. 얼굴일까? 아니면 손?

그건 역시 그였다. 로드리고 파에스트라.

두 사람은 얼굴을 마주 본다. 저건 얼굴이다.

날씨가 회복된 건 이제 분명하다. 그들은 얼굴을 마주 보며, 서로의 모습을 바라본다.

그때 불현듯 경찰관들이 아래 거리를, 그의 죽음을 앞둔 이른 아침의 들뜬 기분 속에서 지껄여대며 지나간다.

마리아는 행복감에 젖어 있다. 두 사람은 대담해졌다. 경찰관들이 지나가고 있는 동안에도 그들은 서로 마주 보고 있다. 드디어 기대감이 폭발하여 터져 나온다. 하늘의 온갖 지점에서, 거리거리마다, 누워 있는 사람들에게서 터져 나온다. 하늘을 바라보기만 해도 마리아는 저게 로드리고 파에스트라라는 걸 알 수 있을 것이다. 지금은 두 시 십 분 전이다. 죽음을 한 시간 반 앞두고 로드리고 파에스트라는 그녀와의 만남에 동의한 것이다.

마리아는 인사의 표시로 손을 든다. 그녀는 기다린다. 하나의 손이 수의에서 천천히 빠져나와 위로 들리며 알았다는 신호를 보낸다. 그리고 두 사람의 손은 원래의 위치로 내려간다.

지평선은 폭풍우 덕분에 맑게 씻겼다. 지평선과 밀밭의 경계선은 칼로 자른 것 같다. 무더운 바람이 일어나 도로를 말리기 시작한다. 좋은 날씨. 날이 새면 해가 눈부시게 내리쬘 것이다. 밤은 아직 이슥하다. 막연한 의식 속에 왠지 해결이 가능할 것 같은 생각이 든다. 누구라도 그렇게 생각하리라.

마리아는 침착한 태도로 다시 한번 손을 든다. 그도 다시 거기에 응답한다. 오오, 정말 놀라운 일이 아닌가. 그녀가 손을 든 것은 그에게 기다려야 한다는 신호를 보내기 위해서다. 기다리고 있으라고 그녀의 손은 말했다. 그는 알아차렸을까. 이해했다. 검은 수의에서 완전히 빠져나온 그의 얼굴은 사탕 과자처럼 하얗다. 두 사람의 거리는 11미터쯤?

그녀가 도와주고 싶어 한다는 걸 로드리고 파에스트라는 이해했을까? 이해했다. 마리아는 조심스럽게 다시 시작한다. 기다리고 계세요, 로드리고 파에스트라. 조금만 더 기다려줘요. 내가 아래로 내려가 당신이 있는 곳으로 갈 테니까. 얼마든지 할 수 있어요, 로드리고 파에스트라.

순찰대가 다가온다. 마리아가 이번엔 복도로 들어간다. 그도 발소리를 듣고 다시 수의를 뒤집어쓴다. 그러나 밑에서는 아무것도 보이지 않는다. 그들의 머리에 그런 생각은 떠오르지도 않을 것이다. 그들은 일 이야기, 쥐꼬리만 한 봉급 이야기, 경찰이라는 처지의 괴로움 따위를 이야기한다. 이전의 순찰대와 마찬가지다. 기다리지 않으면 안 된다. 이제 가버렸다.

머리가 수의에서 빠져나와, 그녀가 기다리고 있는 발코니 쪽을 바라본다. 그녀는 다시 한번 기다리지 않으면 안 된다는 신호를 보낸다. 머리가 끄덕인다. 그는 기다려야 한다는 걸, 그녀가 아래로 내려가 그가 있는 쪽으로 간다는 걸 이해했다.

복도에는 한 사람도 빠짐없이 잠에 빠져 있다. 마리아는 그들의 잠든 몸 사이를 빠져나가기 위해 구두를 벗는다. 저곳에 딸이, 매우 행복한 휴식을 취하는 듯한 자세로 반듯이 누워 있다. 클레르도 자고 있다. 피에르도. 두 걸음 떨어진 곳에서, 클레르에게 도발을 받으면서도 그런 줄도 모르고. 클레르, 사랑을 위해 천천히 부패해가고 있는 아름다운 과일.

마리아는 복도를 지나갔다. 그녀는 구두를 양손에 들고 있다. 뒤로부터 밝아오는 햇살이 탁자들 위에 떨어져, 커튼과 주위 공기에 푸르스름한 빛을 던지고 있다. 탁자들은 뒷마무리를 반쯤 하다가 중단된 상태다. 장의자들 위에는 길게 누운 모습들이 줄지어 있다. 웨이터들은 그들의 숙소를 관광객들에게 양보한 모양이다. 종업원은 한 사람도 빠짐없이 모두 자고 있다.

마리아는 또 깊이 잠든 사람들 사이를 질러간다. 여름이다. 종업원들은 지쳐 있는 것이다. 안뜰로 나가는 문들은 열려 있을 것이다. 사건은 치정 문제이고, 그 자리에서 끝나는 성질의 것이다. 문들을 닫아두어야 할 이유가 있을까? 오른쪽에는 호텔 지배인의 사무실이 있다. 저녁에 클레르와 피에르가 단둘이서 오랜 시간을 보낸 방이다. 사무실은 그늘져 있다. 마리아는 유리창 너머로 바라본다. 그곳에는 아무도 없다. 마리아가 이쪽에서 호텔을 나가려면 아까 지나온 복도에 접해 있는, 유리창 달린 통로를 지나가지 않으면 안 된다.

그 통로로 통하는 문은 닫혀 있다.

마리아는 다시 한번 해본다. 땀이 머리 곳곳에서 솟아난다. 문은 닫혀 있다. 거리로 나가려면, 이 통로에 붙어 있는 계단 외에는 출구가 없다. 사무실을 통해 나가는 출구가 하나 남아 있다.

마리아는 다시 식당을 가로지른다. 안쪽에 문이 몇 개 있다. 그중 하나가 열려 있다. 주방이다. 우선 사무실. 그리고 세로로 기다란 넓은 주방. 가는 곳마다 놀랄 만큼 어질러져 있다. 그 난잡함은 큰 창문으로부터 강한 빛이 들어오기 때문에 더욱 잘 보인다. 날이 밝은 걸까? 그럴 리가 없다. 마리아는 창문으로 밖을 내다본다. 차들이 주차해 있는 안뜰의 등불이다. 화덕의 열기가 아직 방 안에 가득 차 있다. 석유 냄새가 섞인 고약하고 구역질 나는 열기.

출구 바로 옆, 주방 한가운데쯤, 한 젊은이가 간이침대에 누워 있다.

안쪽, 창문과 찬장 사이의 좁은 벽에 달린 문이 열린 채 있다. 문단속이 안 되어 있다. 마리아는 그 문을 잡아당긴다. 젊은 남자가 몸을 뒤척이며 뭐라고 잠꼬대한다. 그러다가 잠잠해진다. 마리아는 문을 연다. 그 문은 나선계단으로 이어져 있다. 로드리고 파에스트라는 좀 전의 희망을 끝까지 간직하고 있을까? 계단은 나무로 만들어져 있다. 마리아가 밟자 끼익하는 소리가 난다. 주위는 낮과 다름없이 무덥다. 마리아의 머리카락에서 땀이 흘러내린다. 아래로 내려간다. 이 계단은 3층으로만 통해 있고, 깜깜한 암흑 속에 잠겨 있다.

유리가 끼워진 문은 열려 있다. 그것은 주차장으로 쓰이는 안뜰로 통하고 있다. 마리아는 깜박 잊고 있었지만, 이곳에는 경비원이 한 사람 붙어 있을 게 틀림없다. 마리아가 로드리고 파에스트라를 부르는 소리는 그 남자에게는 들리지 않았을 것이다. 안뜰은 거리에서 멀리 떨어져 있다. 아무도 없는 걸까. 그렇다면 안뜰로 들어오는 정문은 잠겨 있을 것이다. 마리아는 손목시계를 본다. 오전 두 시 오 분. 차를 주차장에 넣은 것은 피에르다. 마리아는 차가 어디에 있는지 모른다. 그녀는 밖으로 나온다. 안뜰은 모래밭처럼 보인다. 그늘진 차고 안에는 자동차가 무수히 많다.

마리아는 문 옆에 있다. 그녀는 문을 닫는다. 문은 날카롭게 삐걱거리는 소리를 희미하게 내지만, 아무에게도 들리지는 않은 모양이다. 아무도 없는 걸까? 기다려보자. 괜찮다. 문이 삐걱거리는 소리는 아무에게도 들리지 않은 모양이다.

이 문과 차고 사이에 있는 안뜰은 텅 비어 있다. 커다란 빈터다. 그 공간을 가로지르지 않으면 안 된다. 반달이 하늘에 걸려 안뜰을 비추고 있다. 한 집의 지붕 그림자가 안뜰 한가운데까지 뻗어 있다. 마을의 맨 끝자락에 있는 집이어서, 이곳을 지나면 밀밭이다. 주방 창문으로 흘러든 빛은 차고 처마에 걸린 채 밤의 미풍에 흔들리고 있는 방풍 램프의 불빛이었다. 자동차들이 빛나고 있다. 충직한 누군가가 이 자동차들을 지키고 있을 것이다. 그러나 어디에 있을까?

마리아가 안뜰을 가로지르려고 마음먹었을 때, 경찰관들이 안뜰로 들어오는 정문의 뒷길을 지나간다. 그들은 로드리고 파에스트라가 있는 거리로부터 곧장 걸어온다. 마리아는 밀밭 앞의 가장 변두리에 있는 진창길을 걸어가는 그들의 발소리를 들은 기억이 있다. 그들은 아직도 이야기를 나누고 있다. 그녀는 시계를 본다. 그녀가 발코니를 떠난 뒤, 그러니까 먼젓번 순찰대가 지나가고 나서 13분이 지났다. 그녀는 계단 밑 유리창을 끼운 문 앞에서 구두를 신는다. 그녀는 안뜰을 가로지른다. 그리고 차고 밑에 겨우 도착한다. 순찰대는 이미 멀리 가버렸다.

최선책은 아마 소리를 내는 일이리라. 이곳에 검은색 랜드로버가 있다. 마리아는 차 문을 연다. 그리고 기회를 엿본다. 차 안에서 익숙한 향내가 난다. 클레르의 향수 냄새다. 마리아는 소리가 크게 나도록 문을 쾅 닫는다.

누군가가 차고 안에서 기침을 한다. 그리고 무슨 일이냐고 묻는다. 마리아는 다시 한번 문을 열고는, 그대로 열어둔 채 소리가 난 쪽으로 걸어간다.

남자는 가만히 있다. 그는 정문에서 가장 멀리 떨어진 차고 구석, 벽에 대어 붙인 장의자 위에서 몸을 반쯤 일으키고 있다.

"투숙객인데요, 검은색 소형 랜드로버를 찾고 있었

어요."

그녀는 말하고 스커트 주머니에서 담배를 꺼낸다. 하나를 그에게 주고 불을 붙여준다. 서른 살 안팎의 남자다. 그는 느릿한 동작으로 담배를 받아 든다. 자고 있었던 모양이다. 그는 로드리고 파에스트라와 마찬가지로 갈색 담요를 덮고 있다.

"이렇게 일찍 떠나십니까?"

그는 놀란 듯하다. 마리아가 하늘을 가리킨다.

"아뇨. 멋진 날씨잖아요. 호텔 복도에서는 잠을 잘 수가 없어서, 드라이브나 할까 해서요."

그는 완전히 일어났다. 그녀 앞에 우뚝 선다. 그녀는 그에게 미소를 짓는다. 그 외에도 그녀를 바라보고 있는 남자가 몇 명 있다. 두 사람 다 담배를 피우며, 그 불빛으로 상대를 바라보고 있다.

"귀찮게 해서 미안해요. 하지만 저 문 좀 열어줬으면 좋겠군요."

"그거야 쉬운 일이죠. 저 문은 잠겨 있지 않습니다. 여름엔 언제나 그래요."

남자는 몸을 조금 흔든다. 날씨 이야기, 매일 밤 이맘때면 서늘해진다는 이야기를 한다.

"그럼 편히 주무세요." 마리아가 말한다. "문은 내가 닫아둘 테니까."

그는 다시 누워, 계속 그녀를 바라본다. 그러다 그녀가 막 떠나려고 하니까 갑자기 대담해진다.

"드라이브를 혼자서 하세요? 괜찮다면 제가 동행해드릴 수 있는데요. 너무 긴 시간만 아니라면." 그가 웃는다.

마리아도 웃는다. 그녀는 아무도 없는 안뜰에서 그의 웃음소리를 듣는다. 그는 끈질기게 치근덕거리지는 않는다.

마리아는 천천히 시간을 들인다. 차의 덮개를 벗겨 고정시킨다. 남자는 그 소리를 듣고 있다. 그는 벌써 졸음이 온 듯한 목소리로 점잖게 말한다.

"폭풍우는 끝났습니다. 내일은 날씨가 좋아질 거예요."

"고마워요."

그녀는 랜드로버에 올라탄 뒤, 헤드라이트를 끈 채 차를 후진시켜 정문 쪽으로 간다. 그녀는 시간을 들인다. 이제 곧 지나갈 순찰대를 기다리지 않으면 안 된다. 시간을 미리 짐작할 수는 있다.

드디어 왔다. 순찰대가 정문 앞에 멈춰 서더니, 이야기를 그만두고, 또 걸어가버린다. 여행객들이 이 서늘함을 틈타 밤사이에 마드리드로 떠나려는 거겠지. 그들은 그렇게 생각했을 것이다.

마리아가 정문을 열 즈음, 순찰대는 모습을 감추고 있었다. 또 차에서 내리지 않으면 안 된다. 그러나 이번에는 아주 급하다. 마리아는 내려서서 문을 닫는다. 머리카락은 여전히 덥다. 무엇 때문에 이런 공포를 맛보아야 하지? 무슨 이유로?

언젠가 호수가 오늘 밤과 같은 고요함을 띠고 있었던 적이 있었다. 하늘에는 태양이 눈부시게 빛나고 있었다. 마리아는 반짝이던 호수를 회상한다. 보트에 올라타자 갑자기 햇빛이 조용한 수면을 통해 호수의 깊은 밑바닥까지 비쳐들고 있었다. 물은 맑았다. 갖가지 형체가 보였다. 물론 이상한 건 없었지만, 하나하나가 태양에 침범당한 모습을 하고 있었다.

그 보트에는 피에르가 마리아와 함께 타고 있었다.

마리아는 다시 랜드로버에 올라탄다. 주차장 경비원은 다시 오지 않는다. 그녀는 시계를 본다. 한 시간 반도 못 가서 날이 샌다. 마리아는 코냑 병을 들어 마신다. 그 한 모금으로, 꽤 많은 양의 술이 흘러 들어간다. 기쁨에 눈이 감길 만큼 술은 강렬한 인상을 남긴다.

제5장

그녀는 순찰대가 막 떠난 거리로 차를 몰고 들어간다. 그 거리가 끝나는 곳에 이르면 순찰대는 오른쪽으로 구부러져, 밀밭에 면해 있는, 이 마을의 가장 변두리 길로 들어설 것이다. 그녀는 호텔 정면과 나란히, 광장 쪽으로 비스듬히 나아갈 작정이다. 이 마을의 지형은 발코니에서 확실히 알아차릴 수 있었다. 전혀 불가능하지는 않다. 로드리고 파에스트라가 있는 지붕 밑에서 두 개의 길이 교차하고 있다.

정면 현관으로부터 몇 미터쯤 떨어진 길모퉁이까지 그녀는 가능한 한 조용히 차를 몰고 간다. 그다음부터는 속력을 내지 않으면 안 된다. 다음 순찰대가 올 때까지 앞으로 10분밖에 남지 않았다. 그녀의 계산이 틀리지 않았다면. 만약 틀렸다면, 새벽이 되기 두 시간 전에 로드리고 파에스트라를 경찰에 넘겨주게 될지도 모른다.

랜드로버가 내는 소리는 아주 희미하지만, 경우에 따라서는 진흙으로 부드러워진 순찰대의 발소리를 덮어버릴지도 모른다. 그래도 나아가지 않으면 안 된다. 두 개의 길이 교차하는 모퉁이까지 왔다. 여기서부터는 그 두 개의 길을 훨씬 앞까지 내다볼 수 있다. 도로에는 아직 사람의 모습이 없다. 앞으로 한 시간만 지나면 밭에 나가기 위해 일어나는 사람도 있을 것이다. 그러나 그런 사람들도 아직은 자고 있다.

한밤중의 이때쯤이면 자동차 소리에 잠을 깰 사람은 사실 하나도 없다.

마리아는 차에서 내리지 않고 작은 소리로 노래를 부른다. 그가 듣고 있을까?

그녀가 있는 곳에서는 그의 모습이 보이지 않는다. 그녀에게 보이는 것은 하늘과 그 하늘에 윤곽이 또렷하게 떠오른 커다란 굴뚝뿐이다. 마리아가 있는 쪽 지붕의 경사면은 밤의 어둠 속에 묻혀 있다.

그녀는 아까 체념했을 때 불렀던 노래를 계속 부르고 있다. 그리고 차에서 내리면서도 계속 부르고 있다. 그녀는 차의 뒷문을 열고, 쥐디트가 여행지에서 차를 세울 때마다 사 모아서 뒷좌석에 팽개쳐둔 갖가지 물건을 정리한다. 피에르의 재킷 하나, 클레르의 스카프, 그녀의 스카프까지. 몇 장이나 되는지 모르는 신문들도.

다음번 순찰대가 지나갈 때까지 8분쯤 남았다.

하나의 그림자가 밝아진 하늘을 배경으로, 직선을 이루고 있는 지붕 능선을 가로지르고 있다. 그다. 그가 굴뚝 주

위를 돌고 있다. 마리아는 여전히 노래를 부른다. 소리가 목
구멍에 걸린다. 그래도 노래는 부를 수 있다. 부르기 시작한
이상은 그만둘 수가 없다. 그가 저곳에 있지 않은가.

후끈한 바람이 다시 불고 있다. 광장의 종려나무가 바
람에 맞아 비명 소리를 내고 있다. 인기척이 없는 거리를 건
너가는 것은 바람뿐이다.

그는 그녀가 좀 전에 보았던 검은 수의를 뒤집어쓴 채
굴뚝 주위를 돌더니, 네발로 엎드려 몸을 낮춘다. 그는 전보
다 더욱 형체가 일정하지 않은, 흉측한 덩어리가 된다. 마리
아가 노래를 부르는 동안 그는 기와지붕 위를 기어 온다.

순찰대가 지나갈 때까지 6분쯤 남아 있을 것이다.

그는 맨발인 모양이다. 바람이 불어오는 동안에는 바람
이 나무나 집이나 길모퉁이에 부딪혀 내는 소리를 빼고는
아무 소리도 나지 않는다.

그는 동작이 굼뜨다. 시간이 얼마 남지 않았다는 것을
알고나 있을까? 알고 있을까? 다리는 오랫동안 한 자세로
있어서 뻣뻣해진 탓에 제대로 움직이지 않는다. 그의 얼굴
이 드러나고, 그의 거대한 몸뚱이가 지붕 꼭대기에 마치 푸
줏간 도마 위에 놓인 짐승처럼 펼쳐진다. 마리아는 노래를
부르면서, 양손을 흔들어 지붕 경사면을 타고 굴러 내려오
라는 신호를 보낸다. 그러고는 랜드로버를 가리킨다. 굴러
내려오면 결국 차 안으로 떨어지게 된다는 것을 보여준 것

이다. 그녀는 노래의 박자를 점점 빨리하고 소리를 더욱 낮춘다. 마을의 이쪽 모퉁이에는 20미터에 걸쳐 벽에 창문이 나 있지 않다. 마리아의 목소리를 들을 사람은 없다.

그는 시키는 대로 한다. 준비 태세를 갖추고, 우선 두 다리를 올렸다가 내리더니 시키는 대로 한다. 그의 얼굴이 다시 검은 수의 속으로 숨고, 한참 뜸을 들이더니 무어라 형용할 수 없는 거무스름한 넝마 덩어리가 마리아 쪽으로 다가온다.

거리에는 여전히 아무도 없다. 이제 그는 기와 소리를 내지 않으려는 듯이 조심스럽게 교묘히 굴러온다. 마리아는 엔진 소리를 높인다. 그녀는 계속 노래를 부르고 있지만, 자기가 아무런 목적도 없이 노래를 부르고 있다는 것을 깨닫지 못한다. 그가 저기 온다. 그가 다가온다. 그녀는 노래를 부르고 있다.

그는 1미터 다가왔다. 그녀는 여전히 노래하고 있다. 소리를 잔뜩 죽인 채. 여전히 같은 노래다. 다음 1미터 다가왔다. 3미터 다가왔다. 거리에는 여전히 아무도 없다. 야경꾼조차도 없다. 아마 또 잠들어버렸으리라.

순찰대는 광장에서 프린시팔 호텔 쪽으로, 마을의 북쪽을 향하여 출발하고 있을 것이다. 그것이 그들의 순찰 코스다. 저쪽에서 말소리가 들려온다. 처음에는 큰 목소리였지만, 이윽고 점점 약해져간다. 저 목소리가 호텔 앞길 끝에서

울리기까지 아직 4분은 남아 있을 것이다. 로드리고 파에스트라가 마리아가 있는 곳으로 오기까지 남아 있는 거리는 1미터뿐이다.

그 4분이 지나기도 전에 벌써 발소리가 메아리가 되어 들려온다. 그녀가, 뭔가 잘못 들었어, 그럴 리가 없어, 하고 생각하고 있는 동안에도, 호텔 발코니에 면한 이 거리에 발걸음 소리가 금방이라도 다다를 것만 같다. 그녀가 잘못 계산했구나 생각한 바로 그 순간 로드리고 파에스트라도 같은 것을 느낀 듯 몸 전체를 튕겨서, 지금까지보다 훨씬 빠르게, 훨씬 유연하게 굴러와, 랜드로버로 떨어지기까지 남아 있던 최후의 1미터를 돌파한다. 그가 몸을 내던진다. 차 안에 떨어진다. 부드럽고 시커먼 세탁물 덩어리가 차 안으로 떨어져 내렸다.

끝났다. 마리아가 차를 출발시킨 순간, 순찰대는 아마 길모퉁이를 막 돌아든 참이었으리라. 그는 좌석 위에 떨어졌다. 그리고 계속 굴러서 밑바닥으로 떨어졌을 것이다. 아무것도 움직이지 않는다. 그는 담요를 뒤집어쓴 채 깔개 위를 굴러서 좌석에 몸을 착 붙이고 있을 것이다.

어떤 창에 불이 켜진다. 누군가가 소리를 지른다.

호루라기 소리가 마을 전체에서 터져 나와 끊임없이 계속된다. 마리아는 큰 광장으로 가려 하고 있다. 그가 지붕에서 떨어질 때, 그의 몸무게 때문에 홈통이 부서지면서 사고

라도 난 것처럼 시끄러운 소리를 냈다. 정말로 창문에 불이 켜졌을까? 그렇다. 두 개, 세 개, 창에 불이 켜져 있다. 큰 소리가 난다. 문을 여는 소리.

막 불기 시작한 뜨거운 바람 탓일까? 로드리고 파에스트라 탓일까? 호루라기 소리가 계속되고 있다. 위급함을 알린 것은 호텔을 따라 걸어온 순찰대다. 그러나 그들에게는, 50미터 거리를 두고 다른 길로 달려간 랜드로버의 모습은 보이지 않았다. 바람이 자동차 소리를 밀밭 쪽으로 실어가 버렸다. 평야에 비치고 있는 저 네모난 빛은 집집의 창문에서 내비쳐 나오는 빛일 테다. 정전이 계속되고 있어서, 창에 불이 켜지는 데는 시간이 걸린다. 마리아는 어느 길모퉁이를 돌아서, 경찰이 지붕을 조사하고 있는 장소에서 100미터쯤 떨어진 지점에 도착해 있다.

순찰대가 그녀 쪽으로 뛰어온다. 그녀는 차를 세운다. 순찰대는 그녀 앞에서 걸음을 늦추고 빈 차 안을 넘겨다보며 지나간다. 그녀는 어떤 창문 앞에서 차를 세우고 불러본다. 대답이 없다. 순찰대는 그 거리 끝에 이르러 있다.

그녀는 속력을 늦추지 않을 수 없다. 저 랜드로버는 무엇 때문에 홈통이 부서져 바람에 흔들리고 있는 곳에 서 있었지? 저 검은색 랜드로버는 오늘 밤 악천후 때문에 시간이 남아돌아 기분이 언짢았던 호텔 손님의 차입니다. 마리아가 무엇에 대해 공포를 느낄 필요가 있겠는가?

그녀는 이제 겁을 먹고 있지 않은 걸까? 공포는 거의 사라졌다. 그녀에게 남은 것은 과거의 자신에 대한 생생한 기억, 바로 지금 성숙하여 완전히 꽃을 피운 기억뿐이다. 1분도 채 안 되는 시간이 흘렀다. 공포감은, 사춘기의 착란된 심정과 마찬가지로, 상상할 수도 없는 것이 된다.

마리아는 아무래도 광장을 지나지 않을 수가 없다. 그녀는 그렇게 한다. 뒤에 있는 로드리고 파에스트라가 보이지 않게 되었다는 것을 그녀는 잘 알고 있다. 좌석은 텅 비어 있다. 광장을 지나지 않고는 이 마을을 빠져나갈 수 없다. 이 마을에서 밖으로 나가는 두 개의 도로 ── 하나는 마드리드 방면, 또 하나는 프랑스와 바르셀로나 방면 ──가 그 광장을 지나고 있기 때문이다.

무슨 사정이 있어서 마드리드로 일찍 떠나는 자동차겠지, 맨 처음 떠나온 여행객이겠지 ──라고 사람들은 생각할 것이다.

간밤에 마리아가 만사니야를 마셨던 카페 앞에 스무 명쯤 되는 경찰관들이 서 있다. 그들은 호루라기 소리에 귀를 기울이고, 거기에 응답하면서, 명령이 오기를 기다리고 있다. 그들 중 한 사람이 마리아를 세운다.

"어디로 가십니까?"

그는 텅 빈 차를 바라보고는 안심한 듯 그녀에게 미소를 짓는다.

"호텔에 묵고 있는데요, 방은 없고 잠은 오지 않고 ─ 당신들이 내는 소리 때문이에요. 드라이브나 할까 해서 나왔어요. 무슨 일이 있나요?"

믿어줄까? 그는 그녀를 유심히 바라보더니, 시선을 옮겨 멀리 호텔 쪽을 가리키며 설명한다.

"로드리고 파에스트라가 지붕 위에서 발견됐나 봅니다. 하지만 아직 확실치는 않습니다."

마리아는 뒤를 돌아다본다. 손전등 불빛이 호텔 바로 앞 지붕 위를 구석구석 훑고 있다. 경찰관은 그 이상 아무 말도 하지 않는다.

마리아는 조용히 차를 몬다. 그녀의 맞은편에는 마드리드행 국도가 있다. 그쪽으로 가려면 한 무리의 종려나무를 한 바퀴 돌지 않으면 안 된다. 그녀의 기억에 이 길은 분명히 마드리드로 가는 길이다. 어떤 의심도 있을 수 없다.

자동차 엔진이 부드럽게 작동하기 시작한다. 클레르의 검은색 랜드로버는 시동에서 주행으로 옮아가, 마리아가 원하는 방향, 마드리드 쪽으로 움직인다. 핸들을 잡고 천천히, 조심스럽게 광장을 한 바퀴 돈다. 마을 쪽에서는 지금도 홈통이 삐걱거리고 있는 언저리에서 호루라기 소리가 계속 들려온다. 들개 한 마리. 좀 전의 젊은 경찰관은 난감한 듯 미소를 띠며, 마리아가 멀어져가는 것을 바라보고 있다. 그녀는 그의 주위를 빙 둘러서 광장을 한 바퀴 돈다. 그녀는 그를 향해 미소를 짓고 있을까? 그녀는 호텔 거리에서 서쪽으로 이어진 큰길로 들어선다. 그녀는 그 호텔의 여러 복도에 면한 발코니에 불이 켜져 있는지 쳐다보지도 않았다.

마드리드행 국도. 스페인에서 제일 큰 도로다. 넓은 길이 곧장 뻗어 있다.

마을이 잠시 더 계속된다. 그리고 순찰대가 하나둘, 아무런 수확도 없는 동료들끼리 우연히 마주쳤다가, 외국 차량 번호판을 단 검은색 랜드로버가 새벽부터 마드리드를 향해 가는 모습을 바라본다. 그러나 그들 중 몇 사람은 전날 밤의 폭풍우가 걷히고 갑자기 서늘함이 찾아온 덕분에 얼굴에 미소를 띠고 있다.

그들 중 한 사람이 동행도 없이 혼자 차를 운전하고 있는 여성에게 말을 건다.

차고가 두 개 있다. 그리고 꽤 크고 외따로 떨어진 작업장 건물. 그리고 몇 채의 작은 집. 마리아는 이제 시간을 짐작할 수 없다. 날이 새기 전의 몇 시쯤이리라. 그러나 새벽은 아직 멀었다. 여느 때 찾아오는 시간이 아니면 오지 않을 것이다. 아직은 새벽이 오지 않았다.

오두막 같은 집들을 지나니, 밀밭이다. 푸른빛을 받은 밀이 시야를 가득 채운다. 밀밭도 파랗다. 여기를 지나려면 꽤 시간이 걸릴 것 같다. 마리아는 천천히 운전하고 있지만, 앞으로 나가고 있는 것은 분명하다. 어느 분기점에 다다르니 표지판이 하나 서 있고, 그 글씨는 헤드라이트 불빛으로 똑똑히 읽을 수 있다. 그녀는 지금 막 떠나온 로드리고 파에스트라의 마을에서 14킬로미터 달려왔음을 안다.

그녀는 운전을 계속하여, 밝은 밀밭 안에 거무튀튀하게 나 있는 흙길까지 온다. 그녀는 그 길로 들어서서 500미터쯤 가다가 멈춘다. 길 양쪽은 지금까지와 마찬가지로 밀밭이다. 여전히 이슥한 밤이다. 마을의 모습은 보이지 않는다. 그리고 마리아가 엔진을 끄자 주위는 완전히 고요에 잠긴다.

마리아가 돌아보니 로드리고 파에스트라가 수의 밖으로 얼굴을 내밀고 있다.

그는 좌석에 앉더니 주위를 둘러본다. 밤의 푸른빛 속이라 그의 얼굴이 확실히 보이지는 않는다.

이 평야에 새들이 있다면, 분명 밀 밑동 사이의 흠뻑 젖은 진흙 위에서 아직 잠을 자고 있을 것이다.

마리아는 주머니에서 담배를 더듬어 찾는다. 하나 꺼내어 그에게 건네준다. 그는 담배에 덤벼든다. 그녀는 담배에 불을 붙여주면서 로드리고 파에스트라가 추위에 떨고 있음을 알아차린다. 그는 담배를 떨어뜨리지 않으려는 듯 양손으로 피운다. 스페인에서는 폭풍우가 몰아친 날 밤, 날이 새기 한 시간 전이 가장 춥다.

그는 담배를 피우고 있다.

그는 이 여자를 한 번도 바라보지 않는다.

그러나 그녀는 그를 바라보고 있다. 로드리고 파에스트라가 그의 이름이다. 그녀는 밀밭에 시선을 주면서도 그를 보고 있다.

그의 머리카락은 머리에 달라붙어 있다. 그의 옷은 물에 빠진 사람처럼 몸에 달라붙어 있다. 그의 몸은 크고 건장해 보인다. 나이는 서른 살 정도? 그는 여전히 담배를 피우고 있다. 그는 무엇을 바라보고 있을까? 그가 바라보고 있는 것은 담배다. 그가 담배를 바라볼 때 그의 눈은 검은색을 띠고 있다.

마리아는 곁에 있는 여행용 담요를 펼쳐서 그에게 건네준다. 그는 그것을 받아 좌석 위에 놓는다. 무슨 뜻인지 몰랐던 것이다. 그는 또 담배를 피운다. 그리고 차의 양옆을 바라본다. 먼저 입을 연 것은 그다.

"여기가 어디죠?"

"마드리드로 가는 길이에요."

그는 다른 말은 하지 않는다. 마리아도 말하지 않는다. 그녀는 앞쪽으로 고개를 돌린다. 두 사람 다 담배를 피우고 있다. 먼저 다 피운 것은 그쪽이다. 그녀는 새 담배를 그에게 건넨다. 그는 여전히 떨고 있다. 성냥 불빛으로 보니 그의 표정은 떨지 않으려고 애쓰는 데에만 급급해서, 아무것도 읽어낼 수가 없다.

"어디로 가고 싶으세요?" 마리아가 묻는다.

그는 곧바로 대답하지 않는다. 분명히 그는 거리를 두고 아무런 관심도 품지 않은 채 처음으로 그녀를 바라보고 있다. 그렇다 해도 시선은 시선이다. 그의 눈 자체는 마리아에게 보이지 않지만, 그 눈길은 대낮과 마찬가지로 확실히 알아차릴 수 있다.

"글쎄요." 로드리고 파에스트라가 말한다.

마리아는 다시 앞쪽으로 고개를 돌린다. 그러고는 참을 수가 없어서, 또 그를 뒤돌아본다. 그를 보고 싶다는 생각이 격렬하게 솟구친다. 그녀에게 눈길을 보냈을 때의 그 사나운 표정은 이제 사라져버렸다. 남아 있는 것은 눈뿐이다. 담배를 입에 가져갈 때 눈꺼풀이 기계적으로 열린다. 그 밖에는 아무것도 없다. 로드리고 파에스트라에게는 이제 담배를 피울 정도의 기력밖에 없다. 그는 왜 여기까지 마리아를 따라왔을까? 어쩌면 호의에서 혹은 예의에서 그랬을지도 모른다. 부르면 응답해야 하니까. 로드리고 파에스트라는 도대체 어떤 사람일까. 마리아는 얼굴에 구멍이 날 만큼 그를 뚫어지게 바라본다. 이 실감으로 다가오는 기적, 오늘 밤 사랑의 혼란 속에 싹튼 이 검은 꽃을 싫증도 내지 않고 뚫어지게 바라본다.

그는 총 한 방으로 여자의 머리를 박살 내버렸다. 그리고 열아홉 살 나이에 죽은 아내는 그가 지붕 위에서 둘러쓰고 있던 것과 같은 갈색 담요에 알몸으로 덮인 채, 읍사무소에 임시로 마련된 영안실에 놓여 있다. 연애 상대인 남자는 총알이 심장을 관통했다. 두 구의 시신은 따로 떨어져 있다.

"몇 시나 됐죠?" 로드리고 파에스트라가 묻는다.

마리아는 손목시계를 보여주지만, 그는 보려고 하지 않는다.

"두 시 반 조금 지났어요."

그의 눈은 다시 밀밭을 향한다. 그는 좌석에 등을 기대고 있고, 마리아는 정적 속에서 남자의 한숨을 들은 듯한 기분이 든다. 그리고 원래의 정적으로 돌아간다. 새벽이 되기 전의 시간의 흐름도 원래대로 돌아간다. 끝없는 흐름.

춥다. 아까 마을 상공을 불고 있던 후끈한 바람은 정말로 실재했던 바람이었을까? 폭풍우가 끝난 뒤부터 불어와, 지나가버린 돌풍. 익은 이삭이 파도처럼 펼쳐지고, 전날의 소나기에 혼이 난 밀은 꿈쩍도 하지 않는다.

바람 한 점 없는 대기에서 갑자기 한기가 솟아올라 어깨와 눈을 엄습해온다.

로드리고 파에스트라는 잠들어버린 게 분명하다. 그의 머리는 좌석 등받이 위에 놓여 있다. 그리고 입은 반쯤 벌어져 있다. 그는 자고 있다.

들이쉬는 공기 속에 얼마간의 변화가 생기고, 어렴풋한 밝음이 밀밭 위를 달려간다. 시간이 얼마나 흘렀을까? 그는 언제부터 자고 있는 걸까? 지평선 어딘가에서, 금방이라도 무색투명하게 변할 듯한, 경계를 긋기 어려운 습격이 시작되었다. 머릿속 어딘가에서도 습격이 시작되어, 몸을 움직이기가 어려워지고, 다른 어떤 기억과도 공통점을 찾을 수 없는 그 힘이 점점 커지면서 그 자신의 질서를 추구해가는 거북스러움. 그러나 하늘은 아무리 보아도 맑고 푸르다. 여전히 맑고 푸르다. 물론 그것은 우연히 목도한 밝음, 기분이 변했다는 착각일 뿐이다. 원인은 먼 과거로 거슬러 올라가지만, 오늘 밤의 다양한 피로감과 중압감에서, 그리고 갑작스러운 호의를 통해 생겨난 착각. 과연 그럴까?

아니, 그것은 여명이다. 날이 샌 것이다.

그는 자고 있다. 자고 있다.

여명에는 아직 뭐라고 형용할 만한 빛깔은 나타나 있지 않다.

로드리고 파에스트라는 한창 꿈을 꾸고 있다. 그는 잠속에서 꿈을 꾸는 시기에 도달해 있다. 마리아는 머리를 그의 머리와 반대 방향으로 돌리고 턱을 좌석 등받이에 올려놓은 채 그를 바라본다. 때로는 하늘도 바라보지만, 시선이 줄곧 가 있는 것은 그다. 주의력을 기울여서. 이렇게 하는 일에 어떤 의미가 있는 걸까? 그녀는 로드리고 파에스트라를 바라본다. 그는 분명 자고 있다. 그는 현실 세계와 같은 질서가 전혀 없는 세계를, 새의 날개를 달고서 비상하고 있다. 그건 보기만 해도 알 수 있다. 그의 온몸은 스스로 불러 일으킨 혼란 위에 떠올라, 이만한 몸집을 가진 그가 저도 모르는 사이에 그런 상태를 수락하려 하고 있다.

마리아는 로드리고 파에스트라가 자고 있는 동안 그의 완벽하게 공허한 시선을 볼 수가 없다.

그가 자면서 미소를 짓는다. 반쯤 열린 그의 입언저리에 분명 미소가 떠올랐다. 그것은 추위에 떨리고 있긴 하지만 안락한 생활을 누리는 미소와 헷갈릴 만큼 흡사하다. 그밖의 표현은 이 새벽엔 어울리지 않는다.

그의 허벅지 사이 성기 옆에 무기 형태를 띤 것이 있다. 권총이다. 담요는 바닥에 떨어져 있다. 여행용 담요는 그 옆에 놓여 있다. 덮어주어도 소용없다. 그리고 그녀는 그를 위에서 아래까지, 언제까지나 바라보고 싶은 것이다. 그녀는 그를 자세히 살펴본다. 이 얼마나 규칙적이고 편안한 잠인가.

머리를 하늘로 쳐들면 안 된다.

그럴 것까지도 없다. 그의 머리 위에서 날은 밝아오고 있다. 창백한 빛이 그의 온몸에 점점 퍼져간다. 그 커다란 체구가 빛을 받아 분명하게 드러난다.

그대로 있었다면 그는 지금쯤 쥐새끼처럼 잡혔을 것이다.

마리아는 그가 한 것처럼 앞좌석에 누워, 그의 머리 위에 찾아온 새벽을 바라본다.

딸에 대한 기억이 너무 늦게 그녀에게 돌아온다. 그녀는 그 생각을 털어버린다. 한편 그는 여전히 어제와 마찬가지로 꿈을 꾸고 있다.

조금 더 기다리지 않으면 안 된다. 그러고 나서 그를 깨워야 한다.

하늘이 붉은빛으로 물들기 시작했다. 균일하게 퍼져 있던 피로감이 이 평야를 습격하고 마리아를 엄습한다. 하늘은 조용히 물들어간다. 그녀에게는 아직 약간의 시간이 남아 있다. 자동차 한 대가 마드리드 쪽을 향해 국도를 지나간다. 마리아는 국도와 반대쪽 하늘을 훔쳐본다. 그의 머리 위의 붉은빛은 하늘에서 흘러나온 것이리라. 제1진이 출발할 시간이다. 아까 마드리드로 가던 자동차는 아마 그 호텔에서 나온 것이리라. 아직도 어둑어둑한 복도에서 불편한 밤을 보낸 뒤 갑갑한 듯 기지개를 켜면서 클레르는 사랑의 막이 열리게 될 새벽을 영접하고 있을 것이다. 그리고 다시 잠에 빠져들 것이다.

그는 자고 있다. 마리아는 몸을 일으켜, 자동차의 도어 포켓에 들어 있는 코냑 병을 꺼낸다. 공복에 들이킨 탓일까, 타는 듯한 알코올이 목구멍으로 치밀어 올라 가슴을 메슥거리게 한다. 그 때문에 졸음이 사라진다. 태양이다. 지평선에 태양이 모습을 나타냈다. 추위가 한꺼번에 풀려간다. 눈이 아프다. 그가 잠든 지 한 시간쯤 지났다. 햇빛이 그의 몸을 쓰다듬으며 반쯤 열린 그의 입속에 비쳐든다. 그리고 그의 옷에서는 김이 피어오르기 시작한다. 머리카락에서도. 타다 남은 불에서 나는 희미한 연기처럼. 그는 아직 햇빛을 느끼지 못한다. 그의 눈이 가볍게 떨린다. 그러나 그 눈꺼풀은 잠을 간직한 채 닫혀 있다. 그는 더 이상 미소를 띠지 않는다.

지금 바로 차를 움직이려면, 가능한 한 빨리 그에게 말을 거는 게 낫지 않을까?

마리아는 코냑 병을 들어 한 모금 마시고 도어 포켓에 도로 넣는다. 그녀는 아직 기다리고 있다. 그녀는 아직 실행에 옮기지 않는다. 여전히 로드리고 파에스트라에게 말을 걸지 않는다.

그러나 로드리고 파에스트라로서는, 밀밭 길, 모르는 여자와 함께 타고 있는 랜드로버 안에서 잠에서 깨어나, 마리아의 존재를 한시라도 빨리 깨닫는 편이 나을지도 모른다. 눈을 뜨고 나서 조금 있으면 ─ 이제 곧 알게 되겠지만 ─ 그의 기억도 되살아날 것이다. 꿈을 꾸고 있었다는 걸 알게 되면 그도 당혹스러울 것이다. 마리아는 로드리고 파에스트라를 깨울 결심을 하지 않으면 안 된다.

태양은 지평선 위에 모습을 반쯤 드러내고 있다. 자동차가 두 대, 이어서 여섯 대가 마드리드행 국도를 지나간다.

마리아는 또 코냑 병을 들어 다시 한 모금 마신다. 이번엔 메스꺼움이 눈이 감길 만큼 심하다. 그러고 나서야 그녀는 조용히 부르기 시작한다.

"로드리고 파에스트라."

그에게는 들리지 않았다. 눈이 실룩실룩 움직이다가, 전보다도 더 굳게 닫혀버린다. 코냑의 메스꺼움은 조금도 사라지지 않는다. 토할 것 같다. 마리아는 토하지 않으려고, 그를 바라보지 않으려고, 눈을 감는다.

"로드리고 파에스트라."

그녀는 손으로 더듬어 코냑 병을 도어 포켓에 넣고, 머리를 좌석에 털썩 올려놓는다.

"로드리고 파에스트라."

뒤쪽에서 무언가가 움직인 것 같다. 그러고는 아무 일도 일어나지 않는다. 그가 눈을 뜬 건 아니었다. 마리아는 또 몸을 일으켜, 이번에는 그를 돌아다본다.

"로드리고 파에스트라."

그의 눈이 깜박였다. 마리아는 코냑으로 인한 구역질이 가시자 또 부르기 시작한다. 그녀는 술병을 꺼내어 또 마신다. 이 한 모금은 방금 마신 것보다 독하다. 어쩌면 의식을 잃는 게 아닐까? 그렇지는 않다. 다만 시야가 흐려지고, 입이 말을 잘 듣지 않게 되어 큰 소리를 내기가 쉬워질 뿐이다.

"로드리고 파에스트라, 로드리고 파에스트라."

마리아는 다시 머리를 좌석 등받이에 묻는다.

이번엔 소리가 들렸을 것이다. 저건 눈을 뜬 기척임에 틀림없다. 길게 신음하는 듯한 낮은 비명 소리가 뒤에서 들려왔다.

마리아가 돌아다보니, 눈을 뜨는 최초의 순간은 이미 끝나 있었다. 그는 좌석 위에서 몸을 일으켜, 눈곱이 낀 충혈된 눈으로 밀밭, 고향의 밀밭을 바라보고 있다. 그는 놀라고 있는 걸까? 그렇다, 그는 놀라고 있다. 그러나 약간 놀랐을 뿐이다. 그의 눈이 밀밭에서 멀어진다. 상반신을 똑바로 하고 자리에 앉은 채, 그는 이제 아무것도 보고 있지 않다. 모든 게 기억난 것이다.

"나는 호텔로 돌아가야 해요."

그는 말이 없다. 마리아는 그에게 담배를 건넨다. 그는 보지 않는다. 그녀는 담배를 내밀지만 그는 여전히 보지 않는다. 그가 바라보는 것은 마리아다. 그녀가 아무래도 호텔로 돌아가야겠다고 말하자, 그는 갈색 담요를 잡았지만 그 다음 동작은 없다. 그는 마리아의 존재를 깨달은 것이다. 그가 어제 일을 기억한 것도 아마 그녀를 보았던 기억부터일 것이다.

그녀는 구역질이 날까 두려워 너무 깊이 숨을 쉬지 않는다. 분명 새벽에 마신 코냑의 마지막 한 모금 탓이다. 끊임없이 억누르지 않으면 안 되는 흐느낌처럼, 그것은 목구멍 밑에서 치밀어 올라온다.

그는 싫증도 내지 않고 언제까지나 그녀를 바라보고 있다. 멍한, 이제까지 상상할 수도 없었던 무관심한 시선이다. 마리아를 똑바로 쳐다보면서 그는 무엇을 생각하고 있는 걸까? 그녀의 존재를 발견한 뒤의 놀라움에서 깨어나 정신을 차리고 있는 걸까? 이제부터는 더 이상 마리아에게, 아니 마리아에게든 다른 누구에게든, 아무것도 기대할 수 없다는 것을 이제야 깨달은 걸까? 밤이 숨겨주었던 명확한 새로운 사실이 새벽과 함께 폭로되어버린 걸 깨달은 걸까?

"호텔에 아이를 두고 왔어요." 그녀가 말한다. "돌아가지 않으면 안 돼요."

이것으로 이야기는 끝났다. 그의 시선이 그녀를 피한다. 그녀는 손에 들고 있던 담배를 다시 그에게 내민다. 그는 그것을 받아 든다. 그녀가 불을 붙여준다. 그는 좌석에서 갈색 담요를 집어 든다.

"이봐요." 마리아가 말한다.

아마 그에게는 들리지 않았으리라. 아주 작은 소리로 말했으니까. 그는 문을 열고 내려버렸다. 그리고 자동차 옆에 우뚝 서 있다.

"이봐요." 마리아가 다시 부른다. "국경까지는 그리 멀지 않아요. 우리 한번 해봐요."

그는 길에 선 채, 다시 고향의 밀밭을 둘러본다. 그러고는 돌아와서, 이제 생각난 듯 문을 닫는다. 그는 생각하고 있는 것이다. 밤중에도 이와 똑같이, 제 이름을 부르는 소리에 응답하려고 했었다. 태양이 눈부시게 빛나 그의 눈을 경련시킨다.

"해보는 거예요." 마리아가 되풀이 말한다.

그는 거절할 때처럼 머리를 흔들고, 자기한테는 아무런 의견도 없다는 표시를 천천히 보여준다.

"정오에, 정오에 여기로 와요. 내가 다시 올게요. 정오예요, 정오."

"정오." 로드리고 파에스트라가 말을 받는다.

그녀는 손가락으로 태양을 가리키고, 그에게 양손을 크게 펼쳐 보인다.

"정오예요, 정오."

그가 머리를 끄덕인다. 말뜻을 이해한 것이다. 그러고 나서 그는 휙 방향을 바꾸어, 탁 트인 밀밭, 가로막는 것 하나 없이 눈앞에 펼쳐진 들판 속에서 오래 앉아 있을 만한 곳을 찾는다. 태양은 지평선을 완전히 벗어나 정면에서 그를 비추고, 그의 그림자는 밀밭에 길게 누워 있다.

그는 피로를 풀기에 적당한 장소를 찾아낸 모양이다. 그는 길을 따라 멀어져간다. 그 옆에, 손에 든 담요가 질질 끌리고 있다. 끈으로 꼰 샌들을 신었던 그의 발은 맨발이다.

그는 재킷을 입지 않고, 그의 마을 사람들이 모두 그렇듯이 암청색 셔츠를 입고 있을 뿐이다.

그는 길을 걷다가 멈춰 서서 잠시 망설이는 듯하더니, 다시 밀밭 속으로, 랜드로버에서 20미터쯤 떨어진 곳으로 들어가, 벼락에라도 맞은 것처럼 털썩 쓰러진다. 마리아는 기다리고 있다. 그러나 그는 일어나지 않는다.

그녀가 밀밭의 차가운 흙길을 빠져나와 국도로 나오자, 그곳에는 이미 열기가 흐르고 있었다. 정오까지 더위가 점점 심해질 게 분명하다. 그리고 저녁이 될 때까지 낮 동안 더위가 퍼져갈 것이다. 그건 그녀도 알고 있다.

햇빛이 목덜미에 닿자 또 심한 구역질이 느껴진다. 양손으로 핸들을 꽉 잡고 마리아는 졸음과 싸운다. 졸음을 이겨냈다고 생각해도 의식은 여전히 몽롱하다. 그래도 그녀는 호텔 쪽으로 나아간다.

저것이 작업장.

저것이 차고.

농부가 몇 사람 나와 있다. 마드리드로 가는 자동차는 아직 몇 대 되지 않는다.

마리아는 더 이상 졸음과 싸울 수 없다고 생각한 찰나에 쥐디트가 기억나서, 그 힘으로 마을 변두리에 도착하고, 이어서 마을로 들어간다. 그리고 광장.

그곳에는 여전히 경찰관들이 서 있다. 야간 당직을 맡

왔던 사람들은 자고 있을 게 틀림없다. 새벽의 햇빛을 받으며 서 있는 경찰관들은 왠지 기운이 없어 보인다. 하품을 하고 있는 사람도 있다. 그들의 신발은 진흙투성이고 옷은 몹시 구겨져 있다. 그러나 경찰관이 부는 호루라기 소리가 마을 구석구석에서 여전히 들려온다. 그들은 몹시 지겨워하면서, 전날 살해된 두 구의 시신을 읍사무소 앞에서 지키고 있는 것이다.

호텔 정문은 열려 있다. 그 젊은 경비원 대신 한 노인이 지키고 있다. 주차장에는 빈 곳이 남아 있다. 아까 보았던 몇 대의 자동차는 역시 호텔에서 나온 차였다. 마리아는 정문을 통해 밖으로 나와서, 로드리고 파에스트라의 모습을 보았던 거리를 지나, 호텔 주위를 빙 돌아서 간다. 코냑을 너무 마셨는지 걷기가 힘들다. 그러나 거리는 아직 텅 비어 있어, 그녀를 보는 사람은 아무도 없다.

복도는 곳곳이 비어 있다. 딸은 얌전히 자고 있다. 구역질이 심해서, 우선 눕지 않으면 주위를 둘러볼 기력조차 되찾지 못할 정도다. 갈색 담요는 쥐디트의 체온으로 따뜻하다. 발코니에 면한 복도 문은 누군가가 닫아버렸다. 그래서 복도는 여전히 서늘하고 조용하다. 좋은 휴식처다. 쥐디트가 편안히 자다가 몸을 뒤척인다. 마리아도 휴식을 취한다.

그들은 둘 다 여기 있다. 그들은 계속 자고 있다. 그녀가 이곳을 떠나고 나서 두 시간이 지났다. 시간은 아직 이르다. 오전 네 시다. 그들은 자고 있는 동안, 모르는 사이에 서로 접근해 있다. 클레르가 내던진 발목 하나는 피에르의 뺨 바로 옆에 와 있다. 그의 입이 거기에 닿을 듯 말 듯하다. 클레르의 다른 발목은 피에르의 손안에 가로놓여 있다. 그가 손을 꽉 쥐면 클레르의 발목은 그 손안에 쏙 들어가버릴 것이다. 그러나 마리아가 아무리 바라보아도 그런 일은 일어나지 않는다. 그들은 깊은 잠에 빠져 있다.

제6장

"마리아."

마리아는 잠에서 깨어난다. 그녀를 부르고 있는 것은 피에르다. 잘도 자는군, 하고 말하듯 미소를 짓고 있다. 그는 벽에 등을 기댄 채 그녀를 바라본다.

"열 시야. 모두 떠나버렸어." 그는 미안하다는 듯이 말한다.

"쥐디트는?"

"뜰에서 놀고 있어. 팔팔해."

마리아는 주위를 둘러본다. 복도는 텅 비어 있다. 발코니 창이 열려 있어, 햇빛이 복도로 비스듬히 비쳐든다. 눈부신 태양은 전날과 마찬가지로 붉은 지면 위에 떠 있고, 피에르의 얼굴에도 비치고 있다. 구역질이 또 마리아를 엄습한다. 그녀는 몸을 일으켰다가 다시 눕는다.

"조금만 더 기다려줘. 곧 일어날 테니까."

차가운 음료수 쟁반을 든 웨이터들이 복도 안쪽을 지나간다. 객실 문들은 활짝 열려 있다. 객실 청소부들이 침대를 정리하면서 노래를 부르고 있다. 열기가 이미 주위에 자욱이 퍼져 있다.

"당신을 조금 더 자게 해달라고 부탁했어." 피에르가 말한다. "하지만 이제 곧 당신 몸에도 햇빛이 닿을 것 같아서."

그는 물끄러미 그녀를 바라보고 있다. 그녀는 뽑아 든 담배를 피우려다가 그만둔다. 구역질을 느끼면서 피에르에게 미소를 짓는다.

"아침에는 힘들어. 하지만 곧 일어날게."

"내가 여기 있는 게 좋겠어?"

"식당에서 기다려줘. 숙취로 깬 날은 혼자 있는 게 좋아."

두 사람 다 미소를 짓는다. 피에르는 떠나간다. 마리아가 다시 그를 부른다.

"클레르는 어디 있어?"

"쥐디트와 같이 아래층에."

그녀가 겨우 일어나 식당에 가보니, 피에르가 앉아 있는 탁자 위에서 커피포트가 김을 피워 올리고 있다. 오늘 같은 아침에 마리아에게 뭐가 필요한지, 피에르는 잘 알고 있는 것이다. 그는 말없이 그녀가 커피를 계속해서 마시게 내버려둔다. 그녀는 기지개를 켜고 양손으로 머리카락을 쓸어 올린 다음, 담배를 피운다.

"이젠 좀 괜찮아졌어." 그녀가 말한다.

다른 두 개의 탁자를 제외하고는, 구석구석 깨끗이 정돈된 식당에 있는 것은 그들뿐이다. 탁자들은 점심 식사를 준비하느라 모두 하얀 식탁보로 덮여 있다. 갈회색의 커다란 천이 밤중에는 파랗게 보였던 채광창 안쪽에 드리워져 있고, 그래서 그 천에 여과된 햇빛이 부드럽게 비쳐든다. 여기라면 더위도 견디기 쉽겠다.

"어젯밤에 술을 마셨군, 마리아." 피에르가 단정하듯 말한다.

그녀는 손을 얼굴로 가져간다. 얼굴을 감싼 손에서 그녀는, 과거엔 나도 아름다웠다, 그러나 이젠 아름다움을 잃기 시작했다는 것을 느끼고 깨닫는다. 얼굴에 손을 댄다는 지극히 사소한 행위에서, 앞으로는 초라해져갈 뿐이라는 사실을 스스로 이미 받아들여버렸다는 것을 깨닫는다. 그녀는 피에르에게 대답하지 않는다.

"다시 말하지만, 의지의 문제야." 피에르가 말한다. "덜 마실 수 없을까. 최소한 밤에만이라도."

마리아는 커피를 두세 모금 꿀꺽꿀꺽 마신다.

"하지만 언제나 이런 식인걸. 오전 중엔 컨디션이 나쁠 때니까. 그리고 이런 건 금방 나아져."

"밤중에 당신을 찾았어. 주차장엔 차도 없고. 경비원이 그러더군. 당신이 드라이브 나갔다고. 그래서 알았어."

그는 몸을 조금 일으켜 그녀의 머리카락을 쓰다듬어

준다.

"마리아, 마리아."

그녀는 그에게 미소를 짓지 않는다. 그는 잠시 그녀의 머리 위에 손을 얹어놓고 있다가, 그 손을 끌어당긴다. 마리아가 왜 미소를 짓지 않았는지, 그는 알고 있다.

"샤워하고 올게. 그런 다음, 괜찮으면 떠나기로 해."

그때 클레르의 모습이 눈에 들어온다. 쥐디트의 손을 잡고 있다. 클레르는 파란 옷을 입고 있다. 들어오면서 그녀가 먼저 눈길을 보낸 것은 피에르 쪽이다. 그녀가 들어온 순간부터, 피에르에 대한 그녀의 욕망은 눈에 띌 정도로, 그림자처럼 그녀에게 달라붙어 있다. 큰 소리로 외치는 거나 마찬가지다. 그러나 그녀가 말을 건 상대는 마리아다.

"밤중에 나갔다며?"

마리아는 대답할 말을 찾지만 떠오르지 않는다. 오로지 클레르를 응시하고 있을 뿐이다.

"우리 모두 밤중에 깨어났었어." 클레르가 말을 잇는다. "로드리고 파에스트라가 발견됐다고 생각한 모양이야. 모두 창문 쪽으로 나갔는데, 정말 굉장한 소동이었어. 그런데 아무 일도 아니었어. 그러고 나서 보니 네가 없잖아. 그래서 찾았어."

밤중에 그녀가 없어진 걸 알았을 때 그들은 무슨 일을 했을까? 그녀가 돌아오지 않고, 또 랜드로버가 돌아오지 않았다는 걸 알아차렸을 때는, 복도에서부터 시작하여 호텔 안이 다시 조용해지고, 아이들은 또 잠이 들었을 것이다. 그 뒤에 그들은 무얼 했을까? 그 단계에까지 갔을까?

"난 경찰과 함께 있었어." 마리아가 말한다. "그들과 함께 만사니야를 마셨지. 엊저녁의 그 카페에서."

클레르가 웃는다. 피에르도 웃는다. 그러나 클레르만큼은 웃지 않는다.

"아아, 마리아." 클레르는 한숨을 내쉰다. "넌 정말."

그들은 마리아를 좋아한다. 클레르의 웃음은 여느 때와 조금 다르다. 있을 수 없는 일은 아니다. 그녀를 기다리는 동안 복도의 어둠 속에서 서로 몸을 맞댄 채 랜드로버가 돌아오는 소리에 신경을 쓰고 있었다는 것은 있을 수 없는 일이 아니다.

"쥐디트." 마리아가 부른다.

마리아는 양팔을 뻗어 딸을 붙잡고 바라본다. 어린아이라 어젯밤은 푹 잤다. 눈은 파랗다. 눈 밑에서는 공포의 검은 그림자가 사라졌다. 마리아는 아이를 뒤로 밀어 물리친다. 그는 밀밭에 있을 것이다. 자고 있다. 그는 밀밭 속에서 더워지는 것을 느끼기 시작했다. 로드리고 파에스트라를 도와주는 것은 결국 누구를 도와주는 셈이 될까?

"아침 식사 때 쥐디트는 굉장한 식욕을 보였어." 클레르가 말한다. "밤이 서늘하면 이 아이는 잘 먹어."

쥐디트는 마리아에게 돌아왔다. 마리아는 다시 딸을 붙잡고, 또 바라본다. 그러고는 내밀치듯 딸을 놓아준다. 쥐디트는 익숙해져 있다. 엄마가 자기를 바라보든 내밀치든, 하고 싶은 대로 하게 내버려둔다. 그러고는 그 자리를 떠나 식당 안을 빙빙 돌면서 노래를 부른다.

"마드리드에 도착하는 게 너무 늦어지면 곤란해요." 클레르가 말한다. "가능하면 저녁때까지는 도착하는 게 좋겠어요. 방 문제가 있으니까."

마리아는 생각난 듯, 그곳을 떠나 사무실로 간다. 욕실은 비어 있다. 샤워는 기분 좋은 일이다. 시간이 흘러간다. 마리아는 자신의 알몸을 바라본다. 혼자만의 몸. 로드리고 파에스트라를 프랑스로 데려간다면, 그건 결국 누구를 도와주는 게 될까? 그는 밀밭 속에서 자고 있다. 가슴과 배를 타고 물이 흘러내린다. 되살아난 느낌을 주는 물이다. 마리아는 기다리고 있다. 시간이 흐르기를. 물은 끊임없이 흘러내린다. 물론 로드리고 파에스트라는 정상이 참작될 것이다. 페레스와 맞섰을 때의 로드리고 파에스트라의 질투도 참작될 것이다. 그로 하여금 살인을 저지르게 한 이 질투심을 고려해주는 것 외에, 그 이상의 무엇을 로드리고 파에스트라에게 해줄 수 있을까?

식당에서는 클레르 혼자서 마리아를 기다리고 있다.

"피에르는 계산하러 갔어. 그게 끝나면 떠나도록 해."

"넌 정말 아름다워." 마리아가 말한다. "클레르, 넌 정말로 아름다운 여자야."

클레르는 눈을 내리깐다. 그녀는 자신을 억누르고 있다. 그러고 나서 입을 연다.

"모두 그 남자를 찾으러 가고 난 뒤부터 자동차가 나가기 시작했어. 그래서 잠을 이룰 수가 없었어. 방해가 돼서. 그것뿐이야."

"그게 몇 시경이었지?"

"확실히는 기억나지 않지만, 한밤중이었어. 온 마을에 호루라기 소리가 울렸지. 저기서 커다란 기와 소리가 나고. 분명 바람 때문이었을 거야. 경찰관들이 허둥대고. 잠이 든 건 꽤 늦어서였어."

"그렇게 늦었어?"

"해가 뜨고 있었던 것 같기도 해. 맞아, 누워서 하늘이 보였어. 우린 이야기를 하고 있었지. 피에르와 둘이서 새벽까지 이야기했어."

클레르는 기다린다. 마리아는 강요하지 않는다. 쥐디트가 돌아온다. 클레르는 피에르의 딸인 쥐디트를 귀여워한다.

"폭풍우는 이제 지나갔어." 클레르가 쥐디트에게 말한다. "무서워하지 않아도 돼."

"정말?"

그녀는 정말 그렇다고 말해준다. 쥐디트는 복도 쪽으로 가버린다. 피에르가 돌아왔다. 떠날 준비가 됐다고 말한다. 그는 호텔 숙박부에 서명을 하고 왔다. 그는 오래 기다리게 해서 미안하다고 말한다. 그러고는 입을 다물어버린다. 클레르가 오늘 아침엔 그를 바라보지 않는다. 그녀는 담배를 피우면서 눈을 내리깔고 있다. 그들은 새벽이 오기 전에 복도의 어둠 속에서 서로 껴안고 있지 않았음에 틀림없다. 마리아가 잘못 생각한 것이다. 지금 그들이 어제처럼 서로를 바라보려고도 하지 않고 오히려 눈길을 피하고 있는 것은, 밀밭 위의 하늘이 붉은빛으로 물들었을 때 그들이 숨죽인 목소리로 서로 사랑을 고백했기 때문이고, 새벽이 다가옴에 따라 마리아에 대한 가슴 아픈 기억, 새로운 사랑의 힘을 느꼈기 때문에 꺼림칙한 기억이 그들에게 되살아났기 때문이다. 마리아를 어떻게 하면 좋을까?

"어쨌든 성 안드레아 성당은 보아둬야겠지." 피에르가 말한다. "고야의 그림이 세 점이나 있으니까. 나중에 후회하지 않기 위해서라도."

손님이 들어온다. 여자 손님이다. 피에르는 그녀를 보려고도 하지 않는다.

"난 피곤해." 마리아가 말한다. "차에 가서 기다리고 있을게."

"무얼 마셨어?" 클레르가 묻는다.

"코냑. 난 차 안에서 기다릴게. 정오쯤이면 기운이 날 거야."

그들은 시선을 주고받았다. 그들은 이 일에 관해서도 밤중에 서로 이야기했을 것이고, 마리아가 술을 조금 절제해주면 좋겠다고 새삼 바랐을 것이다. 그리고 그녀가 그들에게서 멀리 떨어진 곳에서 새로이 맞은 불행 이외의 것에 마음을 빼앗길 수 있기를 바라면서 기뻐하기도 했을 것이다.

그들은 아래층으로 내려간다. 물을 뒤집어쓴 서늘함이 사라져간다. 안뜰을 다시 보니 숙명과도 비슷한 피로감이 또다시 엄습해온다. 로드리고 파에스트라를 밀밭 속 잠자리에서 끌어내리려면 엄청난 힘이 필요할 것이다. 그 일을 그들에게 말해야 한다. 그렇게 되면 막 싹튼 그들의 욕망은 무너지고, 오늘 밤 두 사람의 사랑이 이루어질 마드리드행도 포기하게 될 것이다. 마리아는 차를 끌어내고 있는 두 사람을 바라본다. 사소한 고역에도 마리아라면 소리를 질러버리겠지만, 그들은 웃으면서 하고 있다.

그녀는 피에르의 옆자리인 조수석에 앉는다. 뒤에서는 클레르가 좌석에 놓여 있는 여행용 담요를 개키고 있다. 왜 이게 여기 나와 있지? 마리아는 그녀가 하는 일을 바라보면서도 이유를 설명하지는 않는다. 마을 안을 지나는 코스는 마리아가 밤중에 지나갔던 코스와 같다. 열한 시다. 네 명의 경찰관이 간밤의 순찰로 마리아처럼 녹초가 된 채, 여전히 광장의 경계에 임하고 있다. 성 안드레아 성당은 이 광장에 면해 있다. 읍사무소와 마찬가지다. 시신은 아직 저곳에 있을 것이다. 경호를 받으며.

"아직 잡히지 않은 모양이군." 피에르가 말한다.

그는 밤중에도 열려 있었던 카페 정면의 그늘에 차를 세운다. 성당. 그리고 세 점의 고야. 또다시 여름휴가. 로드리고 파에스트라를 도와주는 이유는 뭘까, 동기는 뭘까? 잠에서 좀처럼 깨어날 줄 모르는 로드리고 파에스트라가 이번엔 어떻게 일어날까? 클레르의 좌절된 욕망이 속에서 들끓는 동안 그의 몸을 밀밭에서 끌어내어 차에 태우는 거야. 열한 시 십 분이다.

"정말로 피곤해." 마리아가 말한다. "여기 남아 있겠어."

클레르는 차에서 내리고, 쥐디트가 그 뒤를 따라 내린다. 피에르는 문을 연 채 마리아를 기다리고 있다.

"고작 10분이야." 그가 말한다. "그 정도는 괜찮을 거야. 어서 나와."

그녀는 그럴 기분이 나지 않는다. 그는 알았다는 듯이 문을 닫는다. 세 사람이 성 안드레아 성당 쪽으로 멀어져간다. 그들은 안으로 들어간다. 마리아에게는 이제 그들의 모습이 보이지 않는다.

정오가 되면 로드리고 파에스트라는 자기가 버림받은

걸 깨달을 것이다. 마리아는 한순간 눈을 감는다. 생각하고 있는 걸까? 그렇다. 자기가 무얼 보고 있는지도 모르는 듯이 밀밭을 바라보고 있던 그 시선, 내리쬐는 태양을 받으면서 깨어났을 때의 또 다른 시선을 머리에 떠올려본다. 그녀가 다시 눈을 뜨자 두 아이가 넋을 잃고 랜드로버를 바라보고 있다. 그들은 돌아오지 않는다. 고야만이 아니라 프리미티브* 작품도 보고 있을 것이다. 손을 맞잡고 다른 풍경화도 바라보고 있을 것이다. 열린 창 너머로 멀리 보이는 작은 골짜기, 숲, 하나의 마을, 양 떼. 귀여운 천사들에게 둘러싸인 황혼의 숲, 양 떼, 언덕 위에 연기를 피워 올리는 마을, 이들 골짜기 사이를 흐르는 대기는 그들의 사랑의 바람이다. 저 멀리 있는 호수는 당신의 눈처럼 파란빛을 띠고 있군. 손을 마주 잡고 그들은 서로를 바라본다. 지금까지는 미처 몰랐는데, 당신 눈은 그늘이 지면 더욱 파랗게 보여. 저 호수처럼.

마리아는 가만히 앉아 있을 수가 없다. 저 맞은편에 있는 바에 가서 만사니야를 한 잔 마시지 않고는 견딜 수 없을 것 같다. 양손이 떨리기 시작하고, 알코올이 목구멍과 몸속으로 흘러 들어가는 것을 상상하면서, 물을 뒤집어쓸 생각을 했을 때와 똑같은 강한 유혹을 느낀다. 그들이 돌아오지

* 르네상스 이전의 서유럽 미술.

않으면 바에 가야지.

그들이 돌아온다. 두 사람 사이에 낀 쥐디트가 팔짝팔짝 뛰고 있다.

"고야밖에 없더군." 피에르가 말한다. "같이 갔으면 좋았을 텐데."

클레르가 문을 연다. 마리아가 그걸 막는다. 피에르는 그녀 바로 곁에 있다.

"밤중에, 당신들이 자고 있는 동안에," 하고 마리아가 말한다. "나는 경찰이 찾고 있는 사람, 로드리고 파에스트라라는 남자를 보았어."

클레르의 얼굴이 사뭇 진지해진다.

"또 과음한 탓이야, 마리아." 그녀가 말한다.

피에르는 가만히 있다.

"아니야." 마리아가 말한다. "그건 우연이었어. 호텔 발코니의 맞은편 지붕 위에 그 남자가 있었어. 그래서 그를 차에 태우고 마드리드행 국도로, 여기서 14킬로미터 떨어진 곳으로 데려다주었을 뿐이야. 정오에는 돌아오겠다고 말해두었는데, 그는 밀밭 속에서 잠들어버렸어. 어떡하면 좋지? 피에르, 어떡하면 좋을지 모르겠어."

피에르가 마리아의 손을 잡는다.

"정말이야?"

"정말이야."

"거짓말." 클레르가 말한다. "말도 안 돼. 믿을 수가 없어. 그건 거짓말이야."

그녀는 차에서 약간 떨어져 엄숙하게 몸을 똑바로 하고 서 있다. 마리아는 그 위엄에 압도되어 눈을 내리깐다.

"우리가 가든 말든 그에게는 마찬가지라고 생각해. 정말 아무래도 좋아. 가지 않아도 상관없어. 나는 가지 않는 게 나을 것 같다는 기분이 들어."

"하지만 정말로 그런 일이 있었던 건 아니겠지?"

"정말이라니까. 이 마을은 이렇게 작잖아. 그 사람은 호텔 발코니의 맞은편 지붕 위에 있었어. 그런 일이 어떻게 있을 수 있나 싶지만, 사실이야."

"오늘 아침엔 아무 말도 안 했잖아?" 클레르가 말한다.

"왜 말하지 않았어, 마리아? 왜?"

왜냐고? 클레르는 쥐디트를 데리고 차에서 멀어져간다. 그녀는 마리아의 대답을 기다릴 마음이 내키지 않는 것이다.

"이것도 우연이지만, 내가 그의 모습을 처음 보았을 때 당신은 클레르와 함께 호텔 발코니에 있었어."

마리아는 클레르가 다시 돌아오는 것을 바라본다.

"그 남자가 로드리고 파에스트라가 틀림없다는 확신이 선 건 그로부터 훨씬 뒤, 당신들 두 사람이 모두 잠들어버린 뒤였어. 훨씬 뒤였다고."

"그건 나도 알아." 피에르가 말한다.

광장의 사람들이 걸음을 멈추고 있다. 그들이 바라보고 있는 것은 클레르다. 그녀는 느린 걸음으로 랜드로버 쪽으로 돌아온다.

"그 일을 나는 당신한테 말했어." 마리아는 말을 계속한다. "우리 두 사람이 이야기를 끝낸 후였지. 하지만 당신은 잠든 것 같았어."

"그건 나도 알고 있어." 피에르가 되풀이한다.

클레르가 다가와 있다.

"그러면, 어쨌든 그 사람은 널 기다리고 있겠네?" 그녀가 작은 소리로 묻는다.

그녀는 갑자기 또 상냥해졌다. 그녀는 피에르의 곁에, 전에 없을 만큼 가까이 서 있다. 위협적이지만 신중하다. 피에르는 지금 마리아의 이야기에 정신을 빼앗긴 상태다.

"글쎄, 나도 모르겠어." 마리아가 말한다. "그에게는 아무래도 좋을 거라고 생각해."

"열한 시 이십 분이야." 피에르가 말한다.

"나는 조금도 가고 싶지 않아." 마리아가 말한다. "당신들 원하는 대로 해."

"가? 어디로?" 쥐디트가 묻는다.

"마드리드. 다른 쪽으로 가게 될지도 모르지만."

경찰관들이 지친 발을 끌며 광장을 순찰하고 있다. 날

씨는 한낮처럼 더워졌고, 그들은 이미 더위에 지쳐 있다. 거리도 햇볕에 벌써 말라 있다. 도랑에 마지막 한 방울의 물도 남지 않게 되기까지는 두 시간으로 충분했다.

"여행용 담요는 그때 사용했나 보구나?" 클레르가 말한다.

"그래. 어찌 됐든, 무엇보다 만사니야를 마시고 싶어."

그녀는 좌석 등받이에 몸을 기대고, 그들이 서로 마주 보는 것을 바라본다. 그리고 문을 연 카페를 찾아 광장을 둘러본다. 그들은 언제나 그녀가 마시는 것을 허락해줄 것이다. 마시고 싶어 하는 그녀의 욕망을 후원해줄 것이다. 언제나.

"갑시다." 피에르가 말한다.

그들은 어제 그녀가 갔던 카페에 들어간다. 만사니야는 완전히 차가워져 있다.

"왜 코냑을 마셨어?" 클레르가 묻는다. "밤에 마시는 코냑이 너한텐 가장 나쁜데."

"도저히 참을 수가 없었어." 마리아가 말한다.

그녀는 만사니야를 또 한 잔 주문한다. 그들은 그녀가 하고 싶은 대로 하도록 내버려둔다. 피에르도 로드리고 파에스트라밖에 염두에 없다. 그는 웨이터에게 신문을 부탁했다. 제1면에 로드리고 파에스트라의 조잡한 신분증 사진이 실려 있다. 그 밖에도 사진이 두 개 더 실려 있다. 페레스의 사진과 검은 눈에 동그스름한 얼굴의 젊은 여자 사진.

"결혼한 지 8개월밖에 안 됐다며?" 피에르가 말한다.

클레르는 그에게 신문을 받아 대충 훑어보고 의자 위에 내던진다. 웨이터가 그들 쪽으로 다가온다. 그는 경찰관들을 손가락으로 가리킨다.

"로드리고 파에스트라는 내 친구예요." 그가 말한다. 그는 웃고 있다. 그리고 그는 결코 붙잡히지 않을 거라는 손짓을 한다.

"그 사람 아직 안 잡혔어?" 쥐디트가 말한다.

마리아는 만사니야를 한 잔 더 주문한다.

피에르는 그녀의 주문을 막지 않는다. 여느 때라면 그랬을 텐데. 그는 그녀가 만사니야를 석 잔째 마시게 내버려둔다. 그는 손목시계를 본다. 클레르의 무릎에 앉아 있던 쥐디트가 돌아가는 상황에 신경을 쓰고 있다. 웨이터는 가버렸다.

"정오라고 했지?"

"응. 그 사람도 그 말을 되받았어. 정오라고. 하지만 믿는 것 같지는 않았어."

피에르도 만사니야를 한 잔 주문한다. 마리아는 이미 석 잔째. 그녀는 미소를 짓고 있다.

"희한하고 이상한 이야기야." 그녀가 말한다.

"나중에 이야기해줘, 마리아." 클레르가 부탁한다.

마리아의 미소가 더욱 넓게 퍼진다. 그때 피에르가 참견을 한다.

"이젠 그만 마셔."

만사니야 잔을 들면서 그는 조금 떨고 있다. 마리아는 이걸로 끝내겠다고 약속한다. 클레르는 로드리고 파에스트라의 일을 잊고, 다시금 피에르를 지켜보지 않을 수 없다. 태양은 아케이드 위에 도달해 있다. 광장 전체가 한낮의 적막에 빠져든다.

"그들은 애정의 첫 단계에 와 있었어." 마리아가 말한다.

피에르는 그녀의 손을 잡아서 꼭 쥔다. 그러나 마리아는 읍사무소를 가리킨다.

"그 사람 아내가 저기 있어. 페레스와 함께. 죽은 두 사람을 따로 떼어놓는 정도의 예의도 차릴 줄 모르는 걸까."

"마리아." 피에르가 부른다.

"나는 말했어. 국경으로 가는 게 어떠냐고. 그는 아무 대답도 하지 않았어. 이 무슨 짓이람!"

그녀 주위에는 벌써 알코올이 가져다준 고립감이 떠돌고 있다. 그래도 그녀는 말을 그만두어야 할 시기를 잘 알고 있다. 이제 곧 입을 다물 것이다.

"그렇지만 예정은 바꿀 수 있어."

웨이터가 돌아온다. 그들은 이야기를 멈춘다. 피에르가

술값을 치른다. 마드리드로 가느냐고 웨이터가 묻는다. 그들도 모른다. 폭풍우 이야기를 한다. 어제는 계속 차를 타고 다니셨습니까? 그들은 대답하지 않는다. 웨이터도 별로 신경 쓰지 않는다.

"그 장소를 기억할 수 있겠어?" 피에르가 묻는다.

"기억할 수 있을 거야. 하지만 휴가는 어떡하지?"

"당신이 궁금한 게 그거라면, 선택의 자유는 없어. 당신이 우리를 선택의 여지가 없는 상황으로 몰아넣어버린 거지."

그는 이 말을 비난조로 한 것은 아니다. 그는 미소를 짓고 있다. 클레르는 계속 말이 없다.

"내가 휴가 문제를 꺼낸 건 당신들을 생각했기 때문이야. 내 일이 아니고."

"그건 우리도 알고 있어." 클레르가 드디어 입을 연다.

마리아는 일어선다. 그녀는 꼼짝도 하지 않는 클레르 앞에 우뚝 선다.

"나로서는 어쩔 도리가 없어." 그녀가 작은 소리로 말한다. "전혀 안 돼. 이 문제를 어떻게든 해결할 수 있는 사람은 없어. 누구 한 사람 있을 턱이 없지. 내가 말하고 싶었던 건 바로 그거야. 어젯밤에 지붕 위의 그 남자를 본 것도 내 의지와는 아무 상관이 없어. 클레르, 너도 나랑 똑같이 했을 거야."

"안 그래."

마리아는 다시 자리에 앉는다.

"가지 말자." 그녀가 선언한다. "무엇보다, 그를 제대로 숨길 수 없을 거야. 몸집이 커서. 거인이거든. 그리고 설사 숨긴다 해도, 그러거나 말거나 본인이 신경을 안 쓰니까, 우린 애쓴 보람도 없게 될 거야. 우스꽝스러운 노릇이지. 로드리고 파에스트라는 빈껍데기나 마찬가지니까, 그를 구해주는 건 이제 아무 의미도 없어. 클레르, 마드리드로 가면 돼. 마드리드로 가지 않는다면 나는 여기서 움직이지 않겠어."

클레르는 손가락으로 탁자를 가볍게 두드리고 있다. 피에르가 일어선다.

"나는 여기서 움직이지 않겠어." 마리아가 아까 한 말을 되풀이한다. "만사니야를 한 잔 더 마시고 싶어."

"열두 시 이십오 분 전이야." 피에르가 말한다.

그는 혼자서 카페를 나가 자동차 쪽으로 향한다. 쥐디트가 달려서 그 뒤를 따라간다. 클레르는 그가 나가는 것을 지켜보고 있다.

"어서, 마리아."

"알았어."

그녀가 팔을 잡아준다. 마리아는 일어선다. 그래, 그리 많이 마시지는 않았다. 코냑을 마신 술기운이 가시지 않던 것이다. 그러니 이제 곧 취기가 깰 것이다.

"걱정 마. 곧 괜찮아질 거야." 그녀가 클레르에게 말한다.

피에르가 그녀 쪽으로 돌아온다. 그는 차 뒷좌석에 벌써 올라탄 쥐디트를 가리킨다.

"쥐디트는 어떻게 하지?" 그가 묻는다.

"아직 어린앤걸." 마리아가 말한다. "조심하면 괜찮을 거야."

랜드로버는 천천히 광장을 출발한다. 마을은 조용하다. 경찰관들은 피로에 지쳐 난간 위에서 자고 있다.

"길은 찾기 쉬워." 마리아가 말한다. "마드리드행 국도로 나가면 돼. 저기, 저 앞에 곧바로 나 있는 길이야."

마드리드행 국도. 스페인에서 제일 큰 도로다. 아주 넓은 길이 곧바로 뻗어 있다.

광장을 지나친 뒤에도 마을은 좀더 계속된다. 대오가 흐트러진 순찰대가 줄지어 다가온다. 그들은 이제 검은색 랜드로버를 쳐다보려고도 하지 않는다. 그 차 말고도 아침부터 몇 대나 보아왔다. 외국 차량 번호인데도, 그들은 이제 돌아보려고도 하지 않는다.

랜드로버를 바라보는 사람은 그들 가운데 하나도 없다.

차고가 있다. 하나. 마리아는 아까 둘까지 세어두었다.

"갈 때는 정신이 없었고, 돌아올 때는 취해 있었어." 마리아가 말한다. "하지만 이제 생각이 나. 차고가 하나 더 있을 거야.”

“마드리드행 국도라는 건 틀림없겠지?” 피에르가 말한다.

저기, 차고가 또 하나 있다. 피에르는 어젯밤의 마리아와 똑같이, 천천히 차를 몰고 있다.

“그리고 작업장 건물이 있었어. 꽤 큰 외딴집이야.”

“저기 있군. 이젠 신경 쓰지 않아도 돼.” 피에르가 말한다.

그의 말투는 상냥하다. 자꾸만 더워진다. 분명 두려워하고 있다. 두 사람 다 말이 없다. 클레르 쪽은 돌아보지도 않는다.

작업장이다. 문이 열려 있다. 기계톱 소리가 타는 듯한 대기 속에 가득 차 있다.

“아주 작은 집이 몇 채 있었던 것 같아.”

역시 나지막한 집들이 보인다. 아이들이 현관에 나와서 오가는 차들을 바라보고 있다. 그들은 이제 서로 시간을 묻거나 하지 않는다. 정오가 되기 전의 몇 시쯤이리라. 집들을 지나쳐 조금 더 가니, 평야에 비치는 그림자는 날아가는 새들의 그림자뿐이다.

밀밭은 장소를 식별하는 데 아무 도움도 되지 않는다. 표지가 될 만한 것은 아무것도 없고, 밀밭이 눈부신 햇살 아래 끝없이 펼쳐져 있을 뿐이다.

"이 밀밭 속을 꽤 멀리까지 갔었어." 마리아가 말한다. "아까도 말했듯이, 전부 해서 14킬로."

피에르는 계기판을 바라본다. 그는 작은 목소리로 주행 거리를 계산한다.

"앞으로 5킬로 남았군. 5킬로만 가면 도착하게 돼."

그들은 다소 기복을 보이면서 지평선까지 펼쳐져 있는 주위 풍경을 열심히 바라본다. 하늘은 온통 잿빛이다. 마드리드행 국도를 따라, 시선이 닿는 곳까지 전선줄들이 나란히 달리고 있다. 무더위 탓인지 차량은 조금밖에 지나다니지 않는다.

"샛길은 없었어?" 피에르가 묻는다.

그러고 보니 샛길이 어딘가에 있었던 것도 같은데, 여기는 아니다. 마리아는 좁은 길로 들어설 때까지 외길이었다고 말한다.

"모두 잘될 거야." 피에르가 말한다. "저 앞에서 길이 교차하고 있어. 그 왼쪽을 봐. 잘 봐야 해, 마리아."

그가 이렇게 침착한 태도로 말하는 것은 분명 쥐디트가 있기 때문이다. 클레르가 있기 때문인지도 모른다. 쥐디트는 노래를 부르고 있다. 활발해 보이지만 얌전하다.

"그 사람은 더위 때문에 죽어버렸을 거야. 이젠 끝났어." 마리아가 말한다.

길이 약간 오르막이 된다.

"기억나? 이 오르막 기억나?"

그녀는 기억해낸다. 이 길은 아주 미미하게 오르막을 이루다가, 고갯마루에 이르면 몇 갈래로 나누어진다. 그중 하나에 들어서면 다른 밀밭과 함께 왼쪽으로 뻗은 외줄기 길이 눈길에 잡힐 것이고, 그 밀밭 너머에는 또 다른 밀밭들이 끝없이 이어지고 있을 것이다.

"허튼짓이야. 바보 같은 짓이야." 마리아가 소리친다.

"안 그래." 피에르가 말한다. "뭐가 허튼짓이라는 거야?"

다른 밀밭들이 보인다. 그 펼쳐진 모습은 이제까지 지나온 밀밭들보다 고르지 못한 게 눈에 두드러진다. 선명한 빛을 띤 커다란 꽃들이 그 밭에 돌출 무늬를 만들고 있다.

클레르가 입을 연다.

"여기서부터 추수가 시작됐네요."

제7장

"푹푹 찌는군." 마리아가 외친다.

피에르는 랜드로버를 완전히 세워버린다. 쥐디트는 귀를 기울여, 어른들의 말을 이해하려 애쓰고 있다. 그러나 어른들이 입을 다문 채 말이 없자 관심이 다른 곳으로 쏠려버린다.

"마리아, 좀더 잘 봐봐." 피에르가 말한다.

그 길은 왼쪽으로 내려가, 골짜기 안쪽으로 곧장 향하고 있다.

"이 길이야." 마리아가 말한다. "500미터쯤 더 가면 추수하는 사람들이 길 양쪽에 흩어져 있는 게 보일 거야. 경찰도 저녁 전에는 여기까지 오기 힘들겠지, 클레르?"

"그럴 거야." 클레르가 말한다.

마리아는 이 길을 분명하게 생각해낸다. 완만한 커브, 밋밋한 너비, 밀밭을 누비고 있는 독특한 형태, 그 밝음까지 기억이 난다.

그녀는 도어 포켓에서 코냑 병을 꺼낸다. 피에르가 팔

을 흔들어 그녀를 저지한다. 그녀는 고집부리지 않고 병을 되돌려놓는다.

"그는 밀밭 안에 누웠어. 확실히 저 근처야." 그녀는 막연히 어느 한 곳을 가리킨다. "시간이 너무 많이 지났어. 어디쯤 있을까?"

"누가 있는데?" 쥐디트가 묻는다.

"우리랑 함께 마드리드에 가기로 되어 있는 사람이야." 클레르가 말한다.

피에르는 차를 움직이기 시작한다. 마드리드행 국도를 천천히 몇 미터 나아간 다음, 여전히 느린 속도로 그 샛길로 구부러져 들어간다. 짐마차의 바퀴 자국과 교차하여, 두 개의 타이어 자국이 확실히 보인다.

"랜드로버의 타이어 자국이야." 피에르가 말한다.

"거봐." 마리아가 말한다. "지금쯤은 밀의 그림자가 전혀 비치지 않을 거야. 그 사람은 더위를 먹고 쓰러져버렸을 거야."

굉장한 열기다. 길은 이미 말라 있다. 짐마차와 랜드로버의 바퀴 자국은 다음번 폭풍우가 올 때까지 그대로 남아 있을 것이다.

"이 무슨 바보 같은 짓이람." 마리아가 말한다. "저기였어, 저기."

정오가 조금 지났지만, 별로 많이 지난 건 아니다. 약속한 시간이다.

"말하지 마, 마리아." 클레르가 말한다.

"그래, 말하지 않을게."

두렁길로 구획된 네모꼴 밀밭 안에는 꽃들이 여기저기 피어 있다. 두렁길은 모두 완만한 경사를 이루며 골짜기 쪽으로 내려가고 있다. 농부들은 자기네 쪽으로 다가오는 차를 바라보며, 저 여행객들은 무얼 하고 있는 걸까, 길을 잘못 든 건 아닐까 하고, 궁금해하는 표정을 짓고 있다. 일손을 놓고 우두커니 선 채, 이젠 한 사람도 빠짐없이 랜드로버를 바라보고 있다.

"모두 이쪽을 보고 있어요." 클레르가 말한다.

"여기서 잠깐 쉬었다 갑시다." 피에르가 말한다. "간밤엔 폭풍우 때문에 잠을 설쳤으니까. 호텔엔 방이 없었고. 기억나요, 클레르?"

"그럼요."

쥐디트도 추수하는 농부들을 바라본다. 네 살의 인생 경험을 총동원하여 이해하려고 애를 쓰고 있다. 쥐디트는 클레르의 무릎에 앉은 채 골짜기 아래쪽을 바라보며 눈을 빛내고 있다.

마리아는 이제 이 장소에 대한 기억을 완전히 되살렸다. 길이 움푹 들어간 곳에는 열기가 그대로 고여 있어서 온몸의 땀구멍에서 땀이 솟아난다.

"20미터만 더. 바퀴 자국을 따라서 가. 멈출 곳에 이르면 알려줄게."

피에르는 차를 전진시킨다. 추수하는 농부들은 여전히 우뚝 선 채 다가오는 일행을 바라보고 있다. 이 길은 어디로도 통하지 않는다. 이 길은 밀밭 전용 도로다. 밭들은 커다란 네모꼴로 정확히 구획되어 있다. 그 한복판에, 지금부터 일곱 시간 전에 로드리고 파에스트라가 누워 있었다. 농부들은 골짜기 바닥, 지대가 낮은 곳에서부터 수확을 시작했다. 그들은 하루 종일 걸려 마드리드행 국도까지 올라가는 것이다.

길이 더욱 깊이 파여 밀밭 지면보다 낮아져간다. 이제 농부들의 모습은 호기심에 사로잡힌 얼굴밖에는 보이지 않는다.

"차 좀 세워봐." 마리아가 말한다.

피에르는 차를 세운다. 농부들은 여전히 움직이지 않는다. 그들 가운데 몇 명이 랜드로버 쪽으로 다가올지도 모른다.

피에르는 차에서 내려, 가장 가까이 있는 두 남자에게 손을 흔들어 친밀감을 담은 인사를 보낸다. 몇 초인가 시간이 지나간다. 그리고 두 사람 중 한쪽이 피에르의 동작에 응답한다. 그러자 피에르는 쥐디트를 차에서 내려 높이 들어 올린다. 쥐디트도 그와 똑같은 인사 동작을 해 보인다. 나중에 돌이켜보면 마리아는 피에르가 즐거운 표정을 짓고 있었다는 것을 깨닫게 될 것이다.

그 조그만 여자아이의 동작에 모든 농부가 응답한다. 앞에 있는 두 남자와 그들 뒤에 있는 세 여자 모두. 그들의 표정이 변한다. 웃고 있다. 햇빛 때문에 찌푸린 얼굴이지만, 그들은 웃고 있다. 땀투성이 얼굴에 주름이 잡히는 게 멀리서도 보인다. 그들은 웃고 있다.

클레르는 차에서 나오지 않는다. 마리아는 벌써 내렸다.

"지금 그를 밀밭에서 나오게 하는 건 불가능해." 그녀가 말한다.

피에르는 골짜기 바닥에 있는 짐마차들을 마리아에게 가리킨다. 그 짐마차들과 마드리드행 국도 사이의 중간쯤, 비스듬히 경사진 곳에 또 다른 마차들이 있고 말도 몇 마리 있다.

"저 농부들은 30분 안에 짐마차 그늘로 식사하러 올 거야." 피에르가 말한다. "하지만 밀에 가려서 우리를 보진 못할 거야."

차 안에서 목소리가 들려온다.

"30분이나 있다가는 우리 모두 더위에 지쳐버릴 거예요." 클레르가 말한다.

그녀는 쥐디트를 다시 옆에 앉혀놓았다. 그녀는 마리아

와 피에르를 눈으로 계속 좇으면서 쥐디트에게 이야기를 들려주고 있다.

농부들은 또 일하기 시작했다. 골짜기 아래쪽에서 밀짚 먼지가 잔뜩 섞인 바람이 불어와 목구멍을 자극한다. 향기를 품은 이 바람은 간밤의 폭풍우로 생긴 골짜기의 시내를 건너왔다.

"내가 가보고 올게." 마리아가 말한다. "가서 그에게 조금만 참으라고, 기다리고 있으라고 말해주고 올게."

그녀는 산책이라도 하는 듯한 걸음으로 천천히 멀어져 간다. 그녀는 노래를 부르고 있다. 피에르는 길옆 햇볕 속에서 그녀를 기다린다.

그녀는 새벽이 오기 두 시간 전에 로드리고 파에스트라를 위해 불렀던 노래를 흥얼거리고 있다. 농부 하나가 귓결에 듣고 머리를 쳐든다. 그리고 여행객들이 저런 곳에 차를 멈춘 이유를 더는 알려고도 않고 다시 일을 시작한다.

그녀는 기계적으로 차분하게 걸음을 옮긴다. 오늘 아침 네 시에 헤어질 때 로드리고 파에스트라가 옮겼던 발걸음과 똑같이. 길이 깊게 파인 탓에 그녀의 모습은 이제 아무에게도 보이지 않는다. 피에르와 클레르를 빼고는.

마리아 앞에 열려 있는 이 시간을 뭐라고 부르면 좋을까? 희망의 확실함? 빨아들이는 공기가 새롭게 느껴지는 건 무슨 까닭일까? 궁극적으로는 대상 없는 사랑이 초래한 이

미칠 듯한 열기, 이 터질 듯한 열기는 무엇일까?

골짜기 바닥에는 폭풍우가 남긴 반짝이는 냇물이 지금도 세차게 흐르고 있을 터이다.

그녀는 잘못 생각하지 않았다. 희망은 확실했다. 왼쪽 밀밭에 떡하니 빈터가 생겨나 있다. 저기서는 농부들이 보이지 않는다. 그녀는 다시 그와 단둘이 있게 되었다. 그녀는 밀대를 헤치며 안으로 발을 들여놓는다. 그가 저기 있다. 머리 위에는 밀대가 소박하게 뒤얽혀 있다. 돌 위에도 역시 소박하게 낭창거리고 있다.

그는 자고 있다.

오늘 아침 해가 돋을 때 이곳을 지나간 짐마차 소리도 그를 깨우지 못했다. 그녀와 헤어질 때 몸을 숨겼던 곳, 벼락에라도 맞은 듯이 몸을 내던졌던 그곳에 그는 있다. 그는 엎드린 채 양다리를 약간 구부리고 있다. 그의 불행과는 어떤 공통점도 찾을 수 없는 안락함을 본능적으로 추구하면서, 어린아이의 잠든 모습처럼 다리를 약간 구부리고 있다. 그토록 커다란 불행 속에 빠져 있던 그를 이 밀밭까지 데려온 두 다리가 아무런 방해도 받지 않고, 건강하게, 잠에 의한 편안함을 탐하고 있는 것이다.

머리 주위에 놓인 두 팔도 다리와 마찬가지로 어린아이처럼 내던져져 있다.

"로드리고 파에스트라." 마리아가 부른다.

그녀는 허리를 굽힌다. 그는 자고 있다. 그녀는 그를 프랑스로 데려가려는 것이다. 폭풍우 속의 살인자, 그녀의 기적을 멀리 데려가려 하고 있다.

그는 그녀를 기다리고 있었다. 오늘 아침 그녀가 한 말을 믿었던 것이다. 이 밀밭 속에서 이제 곧 여러 가지 욕망이 그의 몸을 따라 살며시 다가올 것이고, 이어서 눈을 뜨면 이 세상의 어떤 대상, 이름도 모르는 한 여인의 감사에 가득 찬 얼굴을 다시 보게 될 것이다.

"로드리고 파에스트라."

그녀는 그의 몸 위에 몸을 반쯤 숙이고, 그가 눈을 뜨는 것에 공포와 희망을 반반씩 느끼면서 그의 이름을 살며시 불러본다. 피에르와 클레르에게는 이제 그녀의 모습도 보이지 않고 목소리도 들리지 않을 것이다. 그녀가 무엇을 하고 있는지, 상상도 할 수 없을 것이다.

"로드리고 파에스트라." 그녀는 소리를 죽여 불러본다.

로드리고 파에스트라를 보고 이렇게 즐거워지는 건 아직 취해 있기 때문이라고 그녀는 생각한다. 그때는 이 남자를 은혜도 모르는 남자일 거라고 생각했었다. 그는 약속대로 여기서 그녀를 기다리고 있었다. 이리하여 즐거운 시간이 찾아왔다.

그녀는 소리를 높여 불러본다.

"로드리고 파에스트라. 나예요. 내가 왔어요."

그녀는 더욱 몸을 굽혀서 부른다. 이번에는 전보다 훨씬 더 몸을 가까이하고, 좀더 목소리를 낮추어서.

　그리고 그에게 닿을 만큼 접근한 순간, 그녀는 로드리고 파에스트라가 죽어 있다는 걸 알아차린다.

　그의 눈은 땅바닥을 향한 채 열려 있다. 그의 그림자라고 생각했던 밀짚과 머리 주위의 검은 흔적은 그의 피다. 이렇게 된 지 상당한 시간이 지난 듯하다. 아마 동이 트고 나서 곧 일을 저지른 모양이다. 예닐곱 시간은 지났다. 아이가 자면서 꿈속에서 돌격할 때 사용하는 장난감처럼, 로드리고 파에스트라의 권총이 얼굴 바로 옆에 내던져져 있다.

　마리아는 몸을 일으킨다. 그녀는 밀밭에서 나온다. 피에르는 길 위에 서 있다. 그가 그녀 쪽으로 다가온다. 두 사람은 다시 만난다.

　"이젠 소용없어." 그녀가 말한다. "죽었어."

　"뭐라고?"

　"더위 때문에. 이젠 다 끝났어."

　피에르는 마리아 옆에서 꼼짝도 하지 않는다. 그들은 마주 보며 말없이 서 있다. 먼저 미소를 지은 건 마리아 쪽이다. 서로 처음 보는 사이라고 생각될 만큼 오랫동안 두 사람은 서로를 바라보고 있다.

　"말도 안 돼." 그녀가 말한다. "이제 그만 가."

　하지만 그녀는 움직이지 않는다. 피에르는 그녀에게서

떨어져, 그녀가 방금 떠나온 밀밭의 움푹 파인 곳으로 걸어 간다. 이번에는 그가 로드리고 파에스트라 위에 허리를 굽히고 있을 것이다. 그는 좀처럼 돌아오지 않는다. 한참 있다가 마리아에게 돌아온다. 클레르와 쥐디트는 여전히 입을 다문 채 두 사람을 기다리고 있다. 마리아는 밀 이삭을 하나, 또 하나 따서, 그 두 개를 손에 쥐었다가 떨어뜨리고, 다시 집어 들었다가 또 떨어뜨린다. 피에르가 곁으로 다가 왔다.

"자살했어." 그가 말한다.

"바보같이. 정말 바보야. 그 사람 이야기는 이제 그만둬."

그들은 길 한복판에서 서로 마주 선 채 움직이지 않는다. 이 사건에 결말을 낼 말이 상대에게서 나오기를 기다리고 있다. 그러나 그 한마디는 누구의 입에서도 나오지 않는다. 피에르는 마리아의 어깨를 붙잡고 그녀를 부른다.

"마리아."

차에서 부르는 소리가 난다. 클레르다. 그녀가 부르고 있는 것은 피에르다. 피에르는 몸을 약간 움직여 거기에 답한다. 그들은 걸어간다.

"함께 갈 사람은?" 쥐디트가 묻는다.

"그 사람은…… 안 와." 피에르가 말한다.

마리아는 뒤쪽 문을 열고 클레르에게 앞에 타달라고 부

탁한다. 그녀는 뒷좌석에 앉아 쥐디트를 곁에 두고 싶은 것이다.

"그는 죽었소." 피에르가 클레르에게 살짝 말한다.

"뭐라고요?"

피에르는 망설인다.

"일사병 같아."

그는 랜드로버를 움직여 유턴한다. 그 조작이 쉽지 않다. 길이 좁기 때문에, 길 밖으로 조금 비어져 나가지 않으면 안 된다. 피에르가 뒤를 돌아보니, 마리아가 쥐디트를 품에 안고 얼굴의 땀을 닦아주고 있는 게 보인다. 여느 때나 마찬가지로 그녀의 동작은 세심하고 신중하다. 클레르는 조수석에서 말이 없다. 그녀의 아름다운 목덜미가 밀밭을 배경으로 떠올라 있는 것도 마리아의 눈에는 들어오지 않는다.

유턴 조작이 끝났다. 피에르는 길을 올라간다. 그리고 그 길이 계속되는 동안 천천히 차를 몬다. 마드리드행 국도가 보이기 시작한다.

"어떡할 거예요?" 클레르가 묻는다.

아무도 대답하지 않는다.

"목말라." 쥐디트가 말한다.

마드리드행 국도다. 넓은 길이 똑바로 뻗어 있다. 추수하는 농부들은 분명 밀밭 속에서 다시 일어났을 것이다. 그러나 아무도 보이지 않는다. 피에르가 차를 세우고 아무 말 없이 또 마리아 쪽을 돌아본다.

"어떡하긴?" 그녀가 말한다. "하기로 결정한 일을 그만둘 이유는 없잖아."

"앞으로 정확히 253킬로미터 남았어." 클레르가 말한다. "저녁까지는 도착할 수 있을 거야."

피에르는 또 운전을 시작한다. 속도가 올라감에 따라 더위를 견디기가 쉬워진다. 스피드가 땀을 식히고 무거운 머리를 가볍게 해준다. 쥐디트가 다시 갈증을 호소한다. 피에르가 다음 마을에서 차를 세우겠다고 약속한다. 다음 마을까지는 48킬로미터 남았다. 쥐디트는 더욱 짜증을 낸다. 심심한 것이다.

"심심한가 봐." 클레르가 말한다.

마을에 도착하기 전에 갑자기 길이 지금까지와는 달라진다. 우선 고갯마루에 이를 때까지 오랜 시간이 걸릴 정도로 끝이 보이지 않는 오르막길이 된다. 그러나 다시 내리막길이 되어, 달 표면처럼 울퉁불퉁한 지역을 향해 간다. 내리막 경사는 오르막보다 더 완만하여 경사가 거의 느껴지지 않을 정도다. 그러다가 길은 다시 곧바르고 평탄해진다.

"카스티야에 들어온 걸까요?" 클레르가 묻는다.

"아마 그럴 거요." 피에르가 말한다.

쥐디트가 또 목이 마르다고 아우성친다.

"울면 안 돼, 쥐디트." 마리아가 부드럽게 말한다.
"울면……"

쥐디트는 울고 있다.

"길가에 버리고 갈 거야." 마리아가 외친다. "울면 그렇게 할 거야, 쥐디트."

피에르는 속도를 올린다. 점점 더 빨리. 랜드로버의 뒤에서 흙먼지가 피어오른다. 대기는 한창 활활 타고 있다. 클레르는 좌석에 등을 기댄 채 도로를 응시하고 있다.

"우릴 죽이려는 건 아니겠죠?" 그녀가 말한다.

밀밭은 이제 보이지 않는다. 주위는 온통 돌투성이다. 태양 때문에 완전히 빛바랜 돌무더기뿐이다.

쥐디트는 울음을 그치고, 엄마 몸에 기대어 움츠리고 있다. 피에르는 클레르의 경고에도 아랑곳없이 점점 속력을 올린다. 마리아는 잠자코 있다.

"엄마." 쥐디트가 부른다.

"죽이려는 거야." 클레르가 말한다.

피에르는 속도를 줄이지 않는다. 속도가 너무 올라갔기 때문에 쥐디트는 좌석 등받이와 엄마 사이를 이리저리 굴러다닌다. 마리아가 한 팔을 돌려 딸을 옆구리에 끌어안는다. 쥐디트는 안긴 채 다시 울기 시작한다.

"피에르." 클레르가 외친다. "피에르."

그는 속도를 약간 떨어뜨린다. 평탄한 지대가 끝나고

길은 다시 오르막이 된다. 고갯마루에서 길은 또 평탄해졌는데, 이번에는 그 앞에 내리막길이 없다. 그 앞에는 원형으로 이어진, 꼭대기가 둥근 산들이 보이고 있다.

앞으로 나아감에 따라 이상하게 겹쳐진 다른 산들이 나타난다. 산 위에 또 다른 산이 있고, 어떤 산은 제 무게를 다른 산 위에 얹어놓고 있다. 산들은 서로 뒤엉키면서, 햇빛에 노출된 황화물 때문에 하얀색이나 보라색이나 푸른색을 띠고 있다.

"엄마." 쥐디트가 또 외친다.

"조용히 있어." 마리아가 외친다.

"무서워서 그래." 클레르가 말한다. "쥐디트는 무서운 거야."

피에르는 속도를 한층 더 늦춘다. 그는 백미러를 통해, 팔을 돌려 쥐디트를 껴안고 있는 마리아와 이제 방긋 웃고 있는 쥐디트를 본다.

여행은 보통 속도로 계속된다. 피에르가 예고했던 마을까지 10킬로밖에 남지 않았다. 밀밭에서 로드리고 파에스트라의 시신을 발견하고 어수선한 시간과 기분을 맛본 뒤에 처음으로 잠깐 쉬게 되는 것이다.

"잊으면 안 돼요." 클레르가 말한다. "저녁이 되기 전에 전화로 방을 예약해두는 거 말이에요. 세 시 전에 그렇게 하겠다고 어제 약속했잖아요."

마리아는 이제 조용해진 쥐디트를 놓아준다. 마리아는 클레르를, 울고 싶어질 만큼 아름다운 클레르를 다시 의식한다. 클레르는 저기 넓은 하늘을 배경으로 황화물의 젖빛을 띤 산들 쪽으로 옆얼굴을 향하고 있다. 지평선에 있는 그 산들은, 앞으로의 여정이 오늘 밤 마드리드 종점에 이를 때까지 아직도 상당히 남아 있다는 것을 말해준다. 오늘 밤의 피에르. 아까 피에르가 나는 듯 차를 몰 때 클레르는 이런 기대를 품은 채 죽는 건 아닐까 하고 두려워했다. 이제 그녀는 깊은 상념에 빠져 있다. 그리고 오늘 밤 마드리드에서, 바로 오늘 밤 마드리드의 한 방에서 이루어질 일에 대한 기대, 마리아가 술을 마신 뒤 혼자 잠들어버렸을 때, 해가 채 지기도 전의 밀폐된 방의 무더위 속에서 알몸이 되어 피에르의 몸에 휘감길 일에 대한 기대가 공포감을 완전히 누르고 있다.

오늘 밤 마드리드에서 하얀 침대 속에 숨어든 두 사람의 모습을 벌써부터 상상할 수가 있을까? 클레르의 알몸을 빼고는 모든 걸 상상할 수 있다.

"어떤 일이 있어도 나는 널 좋아해, 클레르." 마리아가 말한다.

클레르는 뒤돌아보지만, 마리아에게 미소를 짓지는 않는다. 피에르는 돌아보지 않는다. 차 안에 침묵이 떠돈다. 클레르는 이제까지 마리아에게 알몸을 보인 적이 없다. 오늘 밤 그녀는 피에르 앞에서 알몸이 될 것이다. 이것은 머지 않아 맞이할 석양처럼 피할 수 없는 일이다. 클레르의 눈 속에서 오늘 밤의 운명을 알아차릴 수가 있다.

"쥐디트, 저걸 봐." 클레르가 외친다.

목표로 삼은 마을이다. 로드리고 파에스트라의 마을과 똑같이, 이 마을도 어느새 와버렸다. 피에르는 속도를 줄인다. 핸들에 올려놓은 그의 두 손은 부드럽고, 길고, 거무스름하고, 특이한 부드러움을 띠고 있어, 아름답다. 클레르는 그 손을 언제까지나 바라보고 있다.

"파라도르*야." 피에르가 말한다. "마을 입구에 있는 집."

이 마을은 이미 조용한 낮잠에 빠져 있다. 호텔은 피에르가 말한 마을 입구의 소나무 숲속에 자리 잡고 있다.

꽤 고풍스러운 커다란 건물로, 열기를 피하기 위해 모든 문이 꽁꽁 닫혀 있다. 소나무 밑에는 많은 자동차가 놓여 있다. 평지에 면해 있는 원형 테라스에는 사람 그림자 하나 보이지 않는다.

그들이 미처 깨닫기도 전에 점심시간이 되어 있었던 것이다. 다들 벌써 식사를 들고 있다. 프린시팔 호텔에서 온 사람들도 있다. 서로 본 기억이 있다. 클레르는 어떤 젊은

---

* 스페인에서 성이나 요새를 개조하여 만든 고급 호텔.

여자에게 미소를 보낸다.

"배고파." 이제야 깨달은 듯 쥐디트가 말한다.

오각형을 이루며 서로 이어져 있는, 사람들로 가득 찬 방들에는 뜻밖에도 한숨 돌릴 수 있을 만큼의 서늘함이 감돌고 있다.

"정말 대단한 더위였어." 마리아가 겨우 입을 연다.

그들은 소나무 숲에 면해 있는 탁자에 자리를 잡는다. 블라인드 너머로 전망이 탁 트여, 소나무 숲과 나란히 있는 올리브 숲이 보인다. 외줄기 오솔길이 두 개의 숲을 갈라놓고 있다. 종업원이 쥐디트에게 물을 가져다준다. 쥐디트는 마시고 또 마신다. 그들은 쥐디트가 마시는 것을 바라본다. 그러자 쥐디트는 그만 마신다.

마리아는 클레르와 피에르 사이에 있다. 두 사람에게 에워싸여 있다. 두 사람도 만사니야를 주문했다. 기력을 되찾은 쥐디트는 그들이 앉은 자리와 호텔 입구 사이의 공간을 왔다 갔다 하기 시작한다. 마리아는 만사니야를 몇 잔이나 마신다.

"맛있어. 영원히 그만두지 못할 거야." 그녀가 말한다.

그녀는 마신다. 클레르는 장의자 위에 몸을 쭉 뻗고 나서 웃는다.

"좋을 대로 해."

그녀는 행복감에 찬 시선을 주위에 던지기 시작한다.

식당은 만원이다. 스페인이고, 여름이다. 과일이 섞인 요리 냄새가 날마다 이 시간이 되면 그녀에게 구역질을 일으켜왔는데 오늘도 역시 그렇다.

"배가 전혀 고프지 않아." 클레르가 말한다.

"나도 그래." 마리아가 말한다.

피에르는 담배를 피우며 만사니야를 마시고 있다. 휴가 여행을 떠난 이래, 그는 이 두 여자 사이에 끼여 오랫동안 과묵하게 지내왔다.

피에르는 새우구이를 주문한다. 마리아는 쥐디트를 위해 부드러운 고기를 주문한다. 웨이터가 주문을 받고 돌아간다. 쥐디트는 식탁 앞, 쿠션으로 높인 의자에 앉혀진다.

"그에게 좋은 생활을 마련해줄 수도 있었을 거야." 마리아가 입을 연다. "어쩌면 그를 사랑하게 됐을지도 몰라."

"그거야 모르지." 클레르가 말한다.

두 사람은 함께 웃는다. 그러고는 침묵에 빠진다. 마리아는 계속해서 만사니야를 마신다.

그럭저럭 먹을 만한 고기가 쥐디트에게 날라져 온다. 그 바로 뒤에, 새우구이와 올리브가 날라져 온다.

쥐디트는 잘 먹는다.

"어이구, 저런." 피에르가 아이를 바라보며 말한다. "꽤나 배고팠나 보군."

"폭풍우 탓이에요." 클레르가 말한다. "오늘 아침에도 배고파했어요."

쥐디트는 얌전히 먹고 있다. 마리아는 딸에게 고기를 잘라준다. 쥐디트는 입을 오물오물 움직이다가 삼켜버린다. 마리아는 또 자르기 시작한다. 쥐디트가 씩씩하게 먹는 모습을 바라보면서 그들도 식사를 한다. 새우는 입이 델 만큼 뜨겁고, 신선하고, 아삭아삭 씹히는 맛이 있고, 불 냄새가 난다.

"이걸 좋아하죠, 피에르?" 클레르가 말한다.

그녀는 입속에 새우를 한 마리 넣고 있다. 그것을 씹는 소리가 들린다. 그녀는 다시 피에르에 대한 욕망에 사로잡히기 시작한다. 로드리고 파에스트라가 살아 있었을 경우의 위기의식에서 벗어나, 그녀는 이제 산만한 태도를 버리고 아름다움을 되찾고 있다. 그녀의 모습과 마찬가지로, 이 요리가 좋으냐고 그에게 물을 때의 그녀의 목소리 또한 ——여느 때와 달리 ——꿀처럼 감미롭다.

"그는 이제 곧 발견될 거야." 마리아가 말한다. "앞으로 네 시간도 못 돼서. 아직은 여전히 그 밀밭에 있겠지만."

"말해봤자 어떻게 할 도리도 없는 일이잖아." 클레르가 말한다.

"그래도 역시 말하고 싶은걸." 마리아는 말한다. "말아야겠지?"

"그렇지는 않아." 피에르가 말한다. "하고 싶은 말은 해야지."

마리아는 또 마신다. 이 새우는 스페인에서 가장 좋은 새우다. 마리아는 또 한 접시 주문한다. 그녀들은 생각했던 것보다 식욕이 난다. 그리고 마리아가 피로감에 빠져드는 사이, 클레르는 쥐디트처럼 원기를 되찾아 새우를 물어뜯는다. 피에르도 같은 새우를 먹고 있다.

"이 게임은 시작되었나 했더니 그만 곧 져버렸어." 마리아가 말한다. "진 게임은 언제까지나 종알종알 푸념을 하고 싶어지는 법이지."

"로드리고 파에스트라를 구할 수 있었다면 좋았을 텐데. 솔직한 심정이야."

"태양 때문이 아니었어요? 그래요?" 클레르가 묻는다.

"태양 때문이었소." 피에르는 말한다.

쥐디트는 이제 배고프지 않다. 오렌지를 먹고 싶어 한다. 피에르가 열심히 껍질을 벗겨준다. 쥐디트는 부러운 듯 그의 동작을 뚫어지게 바라본다.

그들도 이제는 배고프지 않다. 깊이 내려진 블라인드에서 초록빛 그림자가 드리워져 있다. 서늘하다. 클레르는 피에르가 보는 앞에서 다시 장의자에 길게 드러눕는다. 그는 그녀를 바라보지 않는다. 그러나 그녀가 누워 있는 것을 모를 리가 있을까? 그녀는 블라인드 쪽을 향해 누운 채 올리브 숲으로 멍한 시선을 던지고 있다. 그 눈에는 뜨거운 그림자가 떠올라 있다. 그녀의 눈은 몹시 맑아서, 물처럼 변색하기 쉽다. 그녀의 옷과 같은 푸른색이다. 블라인드의 초록빛 그림자를 받아 검은빛을 띠고 있는 푸른색. 오늘 아침 마리아가 자고 있는 동안 호텔 안에서 무슨 일이 일어났던 것일까?

마리아는 클레르라는 여자를 좀더 관찰하기 위해 눈을 반쯤 감는다.

그러나 클레르는 흔들리는 눈길로 블라인드 쪽을 응시하고 있을 뿐, 그 밖에 아무것도 눈에 들어오지 않는다. 그러다가 갑자기 마리아는 감시하던 눈을 들키기라도 한 듯 내리깐다.

그때 피에르가 벌떡 일어나 문 쪽으로 가더니, 문을 열고——눈부신 햇살 속으로——나가버린다. 10분이 지난다.

"왜 돌아오지 않지?" 마리아가 말한다.

클레르가 애매한 몸짓을 한다. 피에르가 어디 갔는지, 그녀는 모른다. 그녀는 마리아를 외면하고 얼굴을 입구의 출입문 쪽으로 향하고 있다. 두 사람 다 그가 돌아올 때까지 말이 없다. 그는 테라스에서 담배를 피우고 있었다.

"굉장한 열기야." 그가 말한다.

그들은 쥐디트를 의자에서 내려준다.

"어디 갔었어요?" 클레르가 묻는다.

"테라스에. 길은 텅 비어 있어요."

유리병에 만사니야가 조금 남아 있다. 마리아는 그것을

마신다.

"제발 그만 마셔, 마리아." 피에르가 말한다.

"피곤해서 그래." 마리아가 말한다. "하지만 이걸로 끝 낼게."

"이 더위에 출발하는 건 무리예요. 그렇죠, 피에르?" 클 레르가 묻는다.

그녀는 쥐디트를 가리킨다. 쥐디트는 하품을 하고 있다.

"정말 무리야." 마리아가 말한다. "이 아이를 조금 재워 야 해."

쥐디트는 싫다는 얼굴을 한다. 피에르가 두 팔로 딸을 안아, 입구 안쪽의 어두운 그늘에 있는 커다란 소파 위에 내 려놓는다. 쥐디트는 아빠가 하는 대로 몸을 맡겨둔 채 가만 히 있다. 피에르가 마리아와 클레르 쪽으로 돌아온다. 클레 르는 그가 돌아오는 동안 그의 일거일동을 눈으로 좇고 있 다. 그는 다시 자리에 앉는다. 쥐디트가 낮잠에서 깨날 때까 지 기다려야 한다.

"이제 잠들었어." 그가 말한다 ─ 그는 아이 쪽을 돌아 다보고 있다.

"그를 프랑스로 데려갈 수도 있었을 텐데." 마리아가 말 한다. "우리하고 친구가 될 수도 있었을 거야. 불가능한 일 은 아니지."

"그거야 알 수 없지." 피에르가 말한다. 그는 미소를 짓고 있다. "이젠 그만 마셔, 마리아."

제8장

"많이 피곤해." 마리아가 말한다. 그녀는 피에르에게 말하고 있다. "이 세상 어떤 것과 싸울 힘이 있다 해도, 이 피로한테만은 이길 수 없을 것 같아. 자야겠어."

마리아는 상냥하다. 그리고 피에르는 그녀의 육체에 익숙해져 있듯이 이 상냥함에도 익숙해져 있다. 그는 마리아에게 미소를 짓는다.

"오래전부터 이런저런 일로 쌓여온 피로가 한꺼번에 겹친 걸 거야." 그가 말한다. "이따금 그런 피로가 얼굴을 내밀 때가 있지. 오늘처럼. 당신도 잘 알고 있겠지만."

"아니야. 늘 그렇지만, 체력을 너무 과신해서 그래. 정말이지 이대로 잠들어버릴 것만 같아."

"그래, 넌 언제나 체력을 과신해왔어." 클레르가 말한다. 그들은 서로 마주 보며 미소를 짓는다.

"술 때문에 그래." 마리아가 말한다. "어쩔 수가 없어. 그리고 체력에 자신을 갖지 못하게 된 상태가 어떤 건지, 넌 이해하지 못할 거야."

"그래, 난 이해하지 못해. 이러고 있다간 저녁이 될 때까지 이야기만 하다가 말겠어."

"아니야." 마리아가 말한다. "난 자야겠어."

그녀는 장의자에 눕는다. 클레르는 그녀의 맞은편에 있다.

피에르는 쥐디트 쪽을 돌아다본다.

"정말 잘 자는군." 그가 말한다.

"괜찮을 거라고 생각은 되지만, 아직 어린애니까 이런 장거리 여행, 게다가 이런 더위에 다니는 여행은 무리야." 마리아가 말한다.

그녀는 의자 위에 피에르가 누울 장소를 잡아두었다. 많은 여행객들이 그녀처럼 장의자 위에 누워 있다. 몇몇 남자는 바닥에 깔린 돗자리 위에 누워 있다. 어느 방이나 죽은 듯이 조용하다. 아이들은 모두 잠들어 있고, 어른들은 작은 소리로 이야기하고 있다.

"여행을 하면서 그를 이곳저곳 데리고 다닐 수 있었을 지도 몰라." 그녀는 하품을 한다. "그가 하루하루 조금씩 변해가는 것을 관찰하는 거야. 나를 바라보고, 내 말에 귀를 기울이고, 또……"

그녀는 또 하품을 하면서 기지개를 켰다가 눈을 감는다.

"마드리드에 도착할 때까지 더는 마시면 안 돼." 피에르가 말한다. "한 방울도."

"알았어. 약속할게. 하지만 오늘은……"

"오늘은 뭐?" 클레르가 묻는다.

"오늘은 계속 떠들고 싶어질 만큼은 마시지 않겠어." 마리아가 말한다. "그리고 로드리고 파에스트라를 두고 온 게 계속 마음에 걸리는 것도 술을 마셨기 때문은 아니야. 알겠지만, 나는 로드리고 파에스트라와 큰 사업을 약속한 거였는데, 그런데 갑자기, 시작도 하기 전에 쫄딱 망해버린 셈이지. 그게 다야. 하지만 아직은 그걸 인정할 수 있을 만큼 마시지 않았어. 이젠 정말로 졸려. 잘게, 클레르."

그녀는 눈을 감는다. 그들은 어디에 있을까? 클레르의 목소리가 그녀의 귀에 들려온다.

"앞으로 30분 뒤에 쥐디트를 깨워도 될까?"

피에르는 대답하지 않는다. 마리아가 마지막으로 말한다.

"네 생각대로 해. 네 판단에 맡길게. 나는 저녁까지라도 자버릴 것 같아."

피에르가 방을 예약하기 위해 마드리드의 나시오날 호텔에 전화하고 오겠다고 말한다. 그는 속삭이듯 말하고 있다. 그는 전화를 걸러 갔다. 아무 일도 일어나지 않는다. 클레르는 저기 있을 것이다. 옆에서 느껴지는 숨결, 공중에 떠도는 백단 향기, 이것이 클레르의 존재를 깨닫게 해준다. 마리아는 꿈결처럼 자고 있다.

피에르가 돌아온다. 그는 마드리드의 나시오날 호텔에 오늘 밤 투숙할 방을 세 개 예약했다고 말한다. 그들은 잠시 말이 없다. 오늘 밤에 투숙할 마드리드의 방. 일단 마드리드에 도착하기만 하면 마리아가 술집을 찾아 여기저기 돌아다니리라는 것을 그들은 알고 있다. 그때까지는 참지 않으면 안 된다. 그들은 약속이라도 한 것처럼 둘 다 눈을 감는다. 그녀가 자고 있다고는 해도, 그녀 앞에서 서로 마주 보는 것은 체면상 삼가고 있다. 그런데도, 안 되는 줄 알면서도 그들은 서로를 바라본다. 그러고는 절박한 욕망에 들볶이면서 다시 눈을 감는다.

"잠들었어요." 클레르가 말한다.

이 얼마나 조용한가. 클레르는 장의자의 까칠까칠한 천을 살살 쓰다듬고 있다. 그러나 순간적으로 너무 심하게 문지르는 바람에 천이 손톱에 스쳐 무지러진다. 피에르는 그것을 바라보고 있다. 그녀 손톱의 움직임을 눈으로 좇고 있다가, 그 움직임이 갑자기 멈추고 그녀가 괴로운 듯 의자에서 몸을 떼더니 푸른 드레스 위에 엎드려 눕는 것을 바라본다.

먼저 일어나 자리에서 나간 것은 분명 그녀 쪽이다. 공기의 미미한 파동, 스커트를 펼칠 때의 옷자락 소리, 몸을 일으킬 때의 느리고 나른한 동작, 이런 것들은 분명히 여성의 것이다. 피부에서 증발한 향수의 수지 같은 달콤한 향기, 푸른 드레스라는 보금자리 속에서 숨을 쉴 때도, 땀이 날 때도, 열기가 오를 때도, 그녀에게 어울리도록 만들어진 그 향기, 아무리 많은 향기 속에 섞여 있어도 그 향기는 구별해서 맡을 수 있다.

그 향기가 바람이 멎을 때처럼 마리아의 주위에서 사라져간다. 그도 그녀를 뒤따라갔다. 이제 그들은 여기 없다. 마침내. 그렇게 확신하고 마리아는 눈을 뜬다.

마리아는 다시 눈을 감는다. 일이 벌어질 것이다. 30분 안에. 또는 한 시간 안에. 그렇게 되면 세 사람의 애정 관계는 역전될 것이다.

이번 일만은 확실히 알아두고 싶어진다. 그녀는 자기도 조명을 받을 수 있도록, 베로나에서 어느 날 밤 그녀 자신이 직접 그 관계를 만들어낸 그날 이후 그녀가 그들에게 남겨준 세상에 자기도 입회할 수 있도록, 두 사람 사이에 진행되는 사태를 보고 싶은 것이다.

마리아는 자고 있을까?

이 파라도르 건물은 여름을 향해 닫혀 있지만, 여름을 향해 열린 출구가 없지는 않다. 베란다가 있을 것이다. 복도는 돌고 돌아서 인기척이 없는 테라스 근처에서 사라진다. 테라스에는 가지각색의 꽃이, 요즘 같은 계절에는 매일같이 석양을 애타게 기다리며 시든 모습을 드러내고 있다. 이들 복도에도, 테라스에도, 낮 동안은 아무도 찾아오지 않는다.

클레르는 그가 뒤따라오리라는 걸 알고 있다. 다 알고서 한 일이다. 이미 그는 따라오고 있다. 그는 마음에 둔 여자의 뒤를, 어느 정도 필요 이상으로 조바심 나게 할 만큼의 거리를 두고 따라가는 기술을 터득하고 있다. 이쪽이 그의 취향에 맞는다.

그곳도 역시, 이 평원의 찌는 듯한 더위로 인해 사람의 그림자는 하나도 보이지 않는다. 여기가 그 장소가 될까? 그가 아직도 자기를 따라잡지는 않고, 여전히 뒤에서 흐트러짐 없는 침착한 발소리를 내며 따라오자, 클레르는 그의 생각대로 조바심을 참지 못해 걸음을 멈춘다.

그는 그녀를 뒤따라왔다. 클레르의 입술을 뒤따라온 것이다. 그러나 그녀는 그에게 입술을 주려고 하지 않는다.

"마리아가 깨어날 때까지 한 시간쯤 시간이 있어요." 그녀가 말한다. "방을 빌릴 수 있어요. 당신이 귀찮다면 내가 방을 구할게요. 더는 기다릴 수 없어요."

그는 대답하지 않는다.

"마리아가 잠들 거라는 걸 알고 있었어요. 당신도 알아차렸나요? 만사니야를 넉 잔 마시면 저렇게 잠들어버린다는 걸."

그는 대답하지 않는다.

"당신도 알아차렸나요? 알아차렸어요, 피에르?"

"물론이오. 하지만 오늘, 마리아는 자고 있지 않아."

그녀는 그에게 다가가, 머리에서 발끝까지, 머리카락부터 허벅지까지, 온몸을 그에게 밀착시킨다. 하지만 키스하지는 않는다.

심장의 고동이 술기운 때문에 몹시 격해진다. 해가 질 때까지는 너무 긴 시간이다. 마리아는 허벅지를 좌우로 벌린다. 거기서 그녀의 심장은 비통하게 고동치고 있다.

"나는 이제 당신을 잃게 되겠죠?"

"내 사랑, 어떻게 그럴 수 있지?"

그녀는 그로부터 떨어져 점점 멀어져간다. 그는 혼자가 된다. 그녀가 돌아왔을 때에도 그는 여전히 같은 장소에 못 박힌 듯 서 있다. 그녀의 손에는 열쇠가 들려 있다.

"됐어요." 그녀가 말한다.

피에르는 대답하지 않는다. 그녀는 멈추지 않고 그의 옆을 지나쳐간다. 그는 그녀가 됐다고 말한 것을 들었다. 그녀는 멀어져간다. 그는 간격을 두고 그녀를 따라간다. 그녀는 어두운 계단에 다다랐다. 종업원들도 아직 자고 있다. 그들이 마리아를 떠난 뒤 10분도 지나지 않았다. 층계참에서 그녀가 돌아본다.

"낮잠 잘 거라고 했어요."

방을 열어야 한다. 피에르가 연다. 올리브 숲이 내다보이는 아주 큰 방이다. 그녀가 갑자기 걸음을 늦추더니, 창문을 열고 말한다.

"얼마나 좋은 기회예요? 봐요." 그녀가 외치듯이 덧붙인다. "도저히 참을 수가 없었어요."

그도 밖을 내다본다. 그리고 그녀와 함께 창밖을 바라보면서 그녀의 몸에 손을 대기 시작한다. 그러고는 그녀의 입에 입을 맞춘다. 그녀가 더 이상 소리를 지르지 못하도록.

사람이라곤 그림자도 보이지 않는 평원은 이제 현기증이 날 듯한 열기를 띠고 있다.

심장이 이렇게 고동치는 건, 이것이 세상을 보는 마지막 기회라는 뜻일까? 그녀는 살짝 눈을 뜬다. 그들은 이제 거기에 없다. 그녀는 또 눈을 감는다. 양다리를 움직여 의자 위에 올려놓는다. 그러고는 몸을 일으켜, 열린 블라인드 틈새로, 더위 때문에 돌처럼 굳어버린 듯한 숲, 그들이 보고 있는 것과 똑같은 올리브 숲을 바라본다. 그러다가 다시 누워 눈을 감는다. 자고 있는 듯한 기분이다. 심장은 가라앉았다. 너무 많이 마신 탓이다. 누구나 그렇게 말한다. 특히 피에르가. 마리아, 당신은 너무 많이 마시고 있어.

창은 벽의 한가운데에 있다. 숲은 저기에 있다. 저 올리브는 엄청나게 나이를 먹은 나무다. 뿌리 근처의 지면에는 풀 한 포기 나지 않았다. 그들은 숲 따위는 바라보지 않는다.

피에르는 침대에 누워, 클레르가 푸른 드레스를 벗고

알몸인 채 자기 쪽으로 다가오는 것을 보고 있다. 그는 나중에, 그녀가 열린 창문틀의 올리브 나무 사이로 걸어오는 모습을 보고 있었다는 걸 기억하게 될 것이다. 나중에 기억해 낼 만한 일이 있을까? 그녀는 푸른 드레스를 재빨리 벗고 그에게 다가온다.

"당신은 정말 아름다워. 여신처럼 아름다워."

아니, 어쩌면 말은 한마디도 나누지 않았을 것이다.

로드리고 파에스트라가 밀밭 속에서 새벽에 자살한 것은 예상할 수 없는 일은 아니었다. 있기 불편한 곳에서, 짐마차 소리가 들리고, 햇볕은 시시각각 자꾸만 더워지고, 호주머니에는 누워서 자는 데 방해가 되는 권총이 들어 있다. 그런 것들이, 그때까지 방심 상태에 빠져 잊고 있던 죽음이라는 신의 선물을 그에게 생각나게 해주었을 것이다. 마리아는 자고 있다. 그녀는 그렇게 믿고 있다. 만약 그녀가 끝까지 자고 있다고 주장한다면, 그것은 꿈을 꾸고 있는 것이 된다. 그러나 그녀는 우겨대지 않는다. 그녀는 꿈을 꾸고 있는 것은 아니다. 자신이 깨어 있다는 걸 깨달은 뒤 뜻밖에도 이렇게 냉정한 기분이 드는 것은 정말 놀라운 일이다. 그러니까 그녀는 자고 있는 게 아니다.

피에르가 먼저 침대에서 일어난다. 클레르는 울고 있다. 피에르가 침대에서 일어났는데도 클레르는 여전히 기쁨의 울음소리를 내고 있다.

"그녀는 전부 다 알고 있소." 그가 말한다. "자, 갑시다."

이 말에 클레르의 울음소리가 가라앉는다.

"그렇게 생각하세요?"

그는 그렇게 생각하고 있다. 그는 아직도 알몸인 그녀 옆에서 옷을 입는다. 그리고 나서 창문 쪽을 돌아보고, 나가지 않으면 안 된다고 말한다.

"나를 사랑하지 않나요?" 그녀가 묻는다.

그녀의 목소리는 가라앉아 있다. 그가 말한다.

"사랑하고 있소. 나는 마리아를 사랑해왔지. 그리고 당신도."

창문 너머의 풍경에는 엄격함이 누그러져 있다. 그는 그녀가 침대에서 일어나는 모습을 보고 싶지 않다. 태양은 약간 비스듬히 기울어지기 시작했다. 올리브 나무들의 그림자가 그들이 사랑을 나누는 동안 어느새 길어지기 시작했다. 더위가 약간 누그러진 느낌이다. 마리아는 어디에 있을까? 마리아는 죽을 만큼 마셔버린 것은 아닐까? 술과 죽음에 대한 터무니없는 욕망이 로드리고 파에스트라를 덩달아 흉내 내게 만들어, 그녀를 밀밭까지, 먼 길을 마다않고 장난기 섞인 기분으로 데려갔던 것은 아닐까? 또 한 여자, 마리아는 어디에 있는 걸까?

"서둘러요." 피에르가 말한다. "어서 갑시다."

그녀의 옷차림은 다 갖추어져 있다. 그녀는 울고 있다.

"당신은 이제 마리아를 사랑하지 않아요." 그녀가 외친다. "그렇죠, 마리아를 사랑하지 않지요?"

"모르겠소." 피에르가 말한다. "그만 울어요, 클레르. 우리가 떠난 지 벌써 한 시간이 지났소."

그녀도 풍경을 바라보다가 곧 얼굴을 돌린다. 창 옆에 걸린 거울을 보며 얼굴을 매만진다. 그녀는 눈물을 억누르고 있다.

마리아는 밀밭에서 죽어버린 게 아닐까? 자신을 비웃다가 굳어버린 미소를 얼굴에 띤 채 누워 있는 것은 아닐까? 밀밭 속에서 혼자 흥겹게 웃는 마리아. 이 풍경은 그녀의 풍경이다. 올리브 나무들의 그림자에 살며시 다가오는 이 권태, 갑자기 더위가 누그러지고 석양으로 옮아가는 시간의 흐름, 도처에서 황급히 달려와 중천에 걸린 태양이 이미 쇠퇴기에 접어든 것을 알리는 여러 가지 조짐들──이 모두가 마리아에게 결부된 것들뿐이다.

피에르는 방문 앞에 서 있다. 그는 문손잡이에 손을 대고 있다. 그녀는 방 한복판에 서 있다. 먼저 내려가겠다고 그는 말한다. 문에 닿은 손이 떨린다. 그때 그녀가 소리를 지른다.

"왜 그래요? 피에르, 말해줘요."

"당신을 사랑해." 그가 말한다. "아무 걱정 마."

그녀를 깨운 것은 여행객들이다. 모두 쾌활한 모습으로

떠나간다. 쥐디트는 그들에게 귀여움을 받으면서 좋아 어쩔 줄을 모른다. 낮잠을 자는 동안 흘린 땀 때문에 쥐디트의 머리카락은 찰싹 달라붙어 있다. 쥐디트는 현관문을 등진 채, 안뜰에서 주운 작은 돌멩이를 즐거운 듯 양손에 쥐고 있다. 마리아가 몸을 일으키자 쥐디트가 달려온다.

"더워." 쥐디트가 말한다. 그러고는 가버린다.

그들은 아직 그곳에 없다. 머릿속에서는 더위가 아직도 무겁게 짓누르고 있지만, 호텔 내의 빛은 색조가 변해 있다. 사랑이 끝난 뒤 블라인드가 올라간 것이다.

"곧 샤워하러 데려다줄게." 마리아가 쥐디트에게 말한다. "조금만 더 있다가. 5분도 안 걸릴 거야."

웨이터가 지나간다. 마리아는 커피를 주문한다. 그녀는 의자에 걸터앉은 채 커피를 기다린다. 그때 피에르가 다가온다.

그는 식당을 지나서 걸어온다. 그는 그녀 앞에 와 있다.

"정말 잘 잤어." 마리아가 말한다.

웨이터가 커피를 가져오자 마리아는 기다렸다는 듯이 그것을 마신다. 피에르는 그녀 옆에 앉아서 담배를 피운다. 그러나 말은 하지 않는다. 그는 마리아에게 시선을 주는 대신 쥐디트를 보고 있다. 쥐디트와 현관 쪽을 번갈아 바라보고 있다. 클레르가 걸어오자 그는 그녀에게 자리를 내주기 위해 조금 뒤로 물러난다.

"잘 잤어?"

"그래." 마리아가 말한다. "오래 잤나?"

"몰라." 클레르가 말한다. "모두 떠나버렸어. 오래 잤을 거야." 그녀가 덧붙인다. "잘 수 있어서 다행이야."

"너도 커피 마시지 그래. 맛이 괜찮아."

클레르도 커피를 주문한다. 그녀는 마리아 쪽으로 몸을 돌린다.

"네가 자고 있는 동안 우린 호텔 뒤 숲속을 산책했어."

"더웠겠지?"

"더웠어. 무척. 하지만 각오하고 있었으니 괜찮아."

"마드리드에 방은 예약해두었어." 피에르가 말한다. "조금 더 있다가 떠날까, 아니면 이제 곧 떠날까? 당신 좋을 대로 해."

"쥐디트에게 샤워를 시켜줄 생각이야. 그러고 나서 떠나도록 해."

모두 동의한다. 마리아는 쥐디트를 1층 욕실로 데려간다. 쥐디트는 순순히 말을 듣는다. 마리아는 쥐디트에게 시원한 물을 끼얹어준다. 쥐디트가 웃는다. 마리아도 딸과 함께 물을 뒤집어쓴다. 그러고는 둘이서 웃는다.

"둘 다 정말로 시원해 보이네." 모녀가 돌아오자 클레르가 말하고는, 쥐디트에게 달려들어 꽉 끌어안는다.

밖으로 나오자, 더위는 여전한 듯하다. 그러나 기분은

싹 달라졌다. 오전 중의 시간과 그 괴로움은 멀리 사라져버린 느낌이다. 그리고 밤이 다가온다는 기대가 있다. 농부들은 다시 밭에 나가 여전히 밀을 베고 있다. 그리고 지평선을 가로막은 붉은빛 산들이 오전 중에 지나가버린 젊음을 생각나게 한다.

클레르가 핸들을 잡는다. 그녀 옆에서 피에르는 말이 없다. 마리아는 쥐디트와 함께 뒷좌석에 앉고 싶다고 말했다. 일행은 마드리드를 향하여 나아간다. 클레르는 평소보다 약간 속도를 올려, 몹시 조심스럽게 차를 몰고 있다. 곁에서 보면 여행의 모습이 바뀐 것은 그 점뿐이다. 이 변화는 모두가 양해한 걸로 되어 있는 이상, 이제 와서 그 점을 문제 삼아봤자 아무런 도움도 되지 않는다.

카스티야를 지나는 동안 저녁 무렵에 접어들었다.

"아무리 늦어도 한 시간 반 뒤에는 마드리드에 도착할 거야." 피에르가 말한다.

어떤 마을을 지나갈 때 마리아가 세워달라고 말한다. 피에르는 반대할 이유가 없다고 생각한다. 클레르가 차를 세운다. 피에르는 그녀를 위해 담뱃불을 붙여준다. 두 사람의 손이 양쪽에서 다가와 서로 스친다. 그들에게는 이제 확실한 추억이 있다.

꽤 큰 마을이다. 그들은 마을 입구에 있는 첫번째 카페 앞에 차를 세우고 안으로 들어간다. 농부들은 모두 밭에 나가 있다. 손님은 그들뿐이다. 카페 안은 아주 넓고, 아무도 없다. 마실 것을 주문하려면 사람을 불러야 한다. 안쪽 방에서 라디오 소리가 들리지만, 유리창에 시끄럽게 부딪히는 파리의 웅웅거리는 소리는 그 라디오 소리에도 지워지지 않는다. 피에르는 몇 번 소리를 질러 사람을 부른다. 라디오 소리가 멈춘다. 젊은 남자가 다가온다. 마리아는 와인을 주문한다. 피에르도 같은 걸 주문한다. 클레르는 아무것도 마시지 않는다. 쥐디트도 마시지 않는다.

"아아, 맛있어." 마리아가 말한다.

아무도 응답하지 않는다. 쥐디트는 홀 안을 돌아다니며 벽에 그려진 그림을 보고 있다. 추수하는 광경이 그려져 있다. 아이들이 짐마차 밑에서 개와 장난치고 있다. 다른 벽화에는, 시야가 닿는 곳까지 끝없이 펼쳐진 밀밭 속에서 일가족이 위엄을 보이며 식사를 들고 있다.

"저 녀석 좀 봐." 피에르가 말한다. "더위가 가라앉았다는 증거야."

마리아는 딸을 불러 머리카락을 매만져준다. 조그만 수영복에 싸인 쥐디트의 알몸은 호리호리하다. 쥐디트는 빗으로 머리를 빗고 싶어 얼굴을 약간 찡그리고 있다.

"쥐디트는 너 못지않은 미인이 될 거야." 클레르가 말한다.

"나도 그렇게 생각해." 피에르가 말한다. "이 녀석은 당신을 쏙 빼닮았어."

마리아는 딸을 좀더 잘 보려고 멀리 밀어냈다가, 다시 벽화의 밀밭 쪽으로 가도록 놓아준다.

"예쁘긴 예뻐." 그녀가 말한다.

마리아는 와인을 마신다. 바 뒤편에 있는 남자가 클레르를 바라보고 있다. 피에르는 마시기를 그만둔다. 마리아가 병에 가득 든 와인을 다 마실 때까지 기다리지 않으면 안 된다. 신맛이 강하고 미적지근한 싸구려 술이다. 그러나 마리아는 이 술이 좋다고 말한다.

"오늘 밤은 외출할 수 있을 거야." 그녀가 말한다. "호텔에 도착하면 우선 샤워를 하고, 옷을 갈아입고, 그러고 나서 외출하는 거야. 쥐디트는 도착하자마자 객실 담당에게 맡겨두면 돼. 괜찮지?"

"좋고말고." 피에르가 대답한다.

마리아는 또 술을 마신다. 피에르는 병 속의 와인이 줄어드는 것을 바라보고 있다. 그녀는 천천히 마시고 있다. 기다리지 않으면 안 된다.

"하지만, 넌 지쳐 있잖아." 클레르가 말한다.

마리아는 지금 마신 한 모금으로 갑자기 주량의 한도를 넘어선 것처럼 얼굴을 찌푸린다.

"피곤하지 않아. 밤이 되면 피로 같은 건 전혀 느끼지 않게 돼."

그녀는 바 뒤에 있는 남자에게 손짓을 한다.

"로드리고 파에스트라에 관해서 뭔가 새로운 소식이 없었나요?"

남자는 기억을 더듬어 생각해낸다. 그 살인범 말인가?

"죽었대요." 그가 말한다.

그는 손을 들어, 권총을 관자놀이에 대는 시늉을 한다.

"그 소식은 어디서 들었소?" 피에르가 묻는다.

"라디오에서요. 한 시간 전에 뉴스에서 그러더군요. 그가 밀밭 속에 있었다고."

"빠르기도 해라." 마리아가 말한다. "괜히 쓸데없는 이야기를 꺼내서 미안해."

"지난 일을 다시 끄집어내는 일은 그만둬, 마리아."

"그 이야기가 나올 줄 알았어." 클레르가 말한다.

마리아는 술을 다 마셨다. 주인이 바 뒤에 돌아와 있다.

"갑시다, 마리아." 피에르가 말한다.

"나에겐 선택할 여지 같은 건 전혀 없었어." 마리아가 말한다. "그 사람과 만난 건 그저 우연인걸. 국경에 도착하면 그를 숲속으로 달아나게 해주고, 밤이 된 뒤에 어디 강가에서 그를 기다려줄 수도 있었어. 얼마나 무서웠겠어. 그는 틀림없이 왔을 거야. 국경에 도착할 때까지만 자살하지 않았다면, 그 뒤에 자살할 염려는 없었을 거야. 그리고 그때까지는 우리와 친구가 되었을 테고."

"그 사람 일은 잊는 게 어때?"

"그러고 싶지 않아, 클레르." 마리아가 말한다. "내 머리는 온통 그 일로 가득 차 있어. 그때부터 서너 시간밖에 지나지 않았잖아."

그들은 밖으로 나간다. 이미 짐마차 몇 대가 밭에서 돌아오고 있다. 가장 먼저 일을 끝마친 농부들이다. 그들은 여행객들을 보며 미소를 짓는다. 그들의 얼굴은 먼지로 하얗게 얼룩져 있다. 자고 있는 아이도 있다.

"후카르 계곡*은 아름다워요." 클레르가 말한다. "마드리드에서 100킬로미터쯤 떨어져 있는데, 이제 슬슬 보일 거예요."

지금은 피에르가 운전하고 있다. 클레르는 쥐디트와 함께 있고 싶다고 말한다. 마리아는 딸을 친구에게 맡긴다. 클레르는 양손을 쥐디트의 어깨 위에 올려놓고 있다. 마리아는 마을을 벗어나자마자 다시 잠들어버렸다. 그들은 후카르 계곡을 지날 때 그녀를 깨우지 않고, 마드리드가 보이는 곳에 와서야 그녀를 깨운다. 해는 완전히 지지는 않았다. 밀밭과 닿을락말락 한 위치에 와 있다. 그들은 예정했던 대로 해가 지기 전에 마드리드에 도착한 것이다.

---

* 스페인 동부에 있는 계곡. 이 계곡을 흐르는 후카르 강은 마드리드와 인접한 쿠엥카에서 발원하여 발렌시아를 지나 지중해로 흘러든다.

"정말 피곤했나 봐." 마리아가 말한다.

"저길 봐, 마드리드야."

그녀는 바라본다. 그 도시는 우선 돌로 만든 하나의 산으로 눈앞에 다가온다. 이어서 그 산에는 태양에 꿰뚫린 검은 구멍들이 곳곳에 나 있고, 높이를 달리하는 네모꼴의 당당한 건물들이 기하학적으로 펼쳐져 있다. 그 건물들은 허공에 의해 분할되어 있고, 그 공간에는 희미한 오로라 같은 빛이 붉게 비치고 있다.

"멋진 풍경이네." 마리아가 말한다.

그녀는 몸을 일으켜 양손을 머리카락 속에 찔러 넣고, 밀의 바다에 둘러싸인 마드리드를 바라보고 있다.

"정말 유감이야." 그녀가 덧붙인다.

클레르가 갑자기 몸을 돌리며 말을 꺼낸다.

"뭐가?"

"뭐랄 건 없지만, 이 주변의 경치가 너무 아름다워서."

"몰랐어?"

"자고 있었는걸. 이제야 알아차렸어."

피에르는 속도를 줄인다. 자연히 속도를 떨어뜨리고 싶어질 만큼 마드리드의 경치는 이렇게 멀리서 보아도 아름답다.

"후카르 계곡도 좋았어. 당신이 싫어할 것 같아서 깨우지 않았지만."

호텔은 만원이다. 그러나 그들이 예약해둔 방은 남아 있다.

쥐디트는 몹시 졸린 모양이지만, 어떻게든 저녁 식사는 먹게 할 수 있을 것 같다.

방에는 낮 동안의 더위가 아직 남아 있다. 그래서 뒤집어쓴 샤워는 더욱 시원하다. 물을 세게 틀어놓고 오랫동안 샤워를 한다. 열기가 이 마을의 수돗물에까지 침투했기 때문에 물은 미지근하다. 각자 혼자서 샤워를 한다.

클레르는 방 안에서 앞으로 맞이할 혼례의 밤을 준비하고 있다. 피에르는 침대 위에 드러누워, 마리아에 대한 기억 때문에 개운하게 맞을 수 없는 혼례의 밤을 생각하고 있다.

그들의 방은 벽 하나를 사이에 두고 이어져 있다. 그러니 오늘 밤엔 클레르도 절정에 달했을 때 비명을 지를 수 없을 것이다.

쥐디트는 자고 있다. 클레르와 마리아는 각각 다른 밤을 위한 준비를 하고 있다. 피에르의 머리에 베로나의 추억이 떠오른다. 그는 침대에서 일어나, 방에서 나와 아내의 방문을 두드린다. 그는 죽어버린 애정을 되살리고 싶다는, 억누를 수 없는 기분을 느끼고 있다. 마리아의 방에 들어서자 그는 그녀에 대한 자신의 애정에 유감의 뜻을 표한다. 그가 미처 몰랐던 것은 그로 인해 야기된 마리아의 외로움, 오늘 밤 그녀로 인해 야기된 그 자신의 미안함, 가슴을 도려내는 듯한 이 슬픔이 얼마나 매혹에 찬 것인가 하는 점이었다.

"마리아."

그녀는 그를 기다리고 있었다.

"안아줘." 그녀가 말한다.

그녀가 몸에 뿌린 향수는 그녀 자신에 대한 그녀의 절대권, 그녀에 대한 사랑으로부터 떠나간 그의 배반, 그녀에 대한 그의 동정심, 이런 것들을 담고 있는, 다시없이 소중한 향수였다. 즉 그녀는 사랑의 종말을 예고하는 향기를 몸에 묻히고 있었던 것이다.

"좀더 안아줘, 피에르." 마리아가 말한다.

그는 하라는 대로 한다. 그녀는 뒤로 물러서서 그를 바라본다. 쥐디트는 자고 있다. 그는 이제부터 무슨 일이 일어날지 알고 있다. 정말로 알고 있을까? 그녀는 수치심을 벗어던진 여느 때의 태도로 그에게 다가가는 대신, 벽 쪽으로 물러서면서 여전히 그를 바라보고 있다.

"마리아." 그가 부른다.

"피에르." 그녀도 그를 부른다.

그녀는 몹시 부끄러운 듯한 태도로 시선을 제 몸에 떨어뜨린다. 그러나 그녀의 목소리엔 두려움이 어려 있다.

그는 그녀 쪽으로 다가간다. 손가락을 입에 대고 쥐디트를 깨우면 안 된다는 신호를 보낸다. 그는 그녀를 덮쳐누른다. 그녀는 그가 하는 대로 내버려둔다.

"안아줘. 안아줘. 어서. 제발 안아줘."

그는 또 하라는 대로 한다. 그리고 그녀는 또다시 살짝 물러선다.

"어떡하면 좋지?" 그녀가 묻는다.

"당신은 내 삶이야." 그가 말한다. "한 여자의 단순한 새로움 같은 걸로 내 마음은 채워지지 않아. 당신 없이는 살아갈 수 없어."

"우리 이야기는 끝났어." 마리아가 말한다. "피에르, 이젠 끝났어. 이것으로 이야기는 끝이야."

"아무 말 하지 마."

"말하지 않을게. 하지만 피에르, 이젠 끝났어."

피에르는 그녀 쪽으로 다가가서 양손으로 그녀의 얼굴을 감싼다.

"정말 그렇게 생각해?"

그녀는 고개를 끄덕인다. 그녀는 겁을 내면서 그를 바라보고 있다.

"언제부터?"

"방금 깨달았어. 어쩌면 오래전부터 그랬는지도 몰라."

누군가가 문을 두드린다. 클레르다.

"뭐가 그렇게 오래 걸려요?" 그녀가 말한다. 갑자기 그녀의 얼굴이 새파랗게 질린다. "나가지 않을래요?"

두 사람은 밖으로 나간다.

스테이지 위에서는 한 남자가 혼자서 춤을 추고 있다. 주위에는 사람들이 빽빽이 들어차 있다. 여행객이 많이 있다. 남자는 멋지게 춤을 춘다. 그가 더러운 플로어를 발바닥으로 두드리면 음악이 그 뒤를 잇는다. 현란하고 낡아빠진 집시 의상을 요란스럽게 차려입은 여자들이 그 남자를 둘러싼다. 그들은 낮부터 계속 춤을 추고 있는 게 틀림없다. 이 무더위에 지독한 고생이다.

남자가 춤을 끝내자 악단이 파소도블레*를 연주하고, 남자는 마이크를 들고 그 노래를 부른다. 그는 때로는 분을 짙게 바른 얼굴로 웃음을 짓고, 때로는 사랑에 빠진 주정뱅이의 울적하고 구역질 나는 표정을 지어 관객들의 마음을 사로잡는다.

홀 안에서, 다른 사람들 속에서, 다른 사람들과 마찬가지로 사람들 틈에 끼인 채, 마리아와 클레르와 피에르는 그 댄서를 바라보고 있다.

---

* 스페인의 전통 춤곡. 빠르고 율동적인 리듬으로, 투우에서 행진곡으로 연주한다.

옮긴이의 말
사랑과 죽음의 둔주곡

이 책은 프랑스의 작가 마르그리트 뒤라스의 소설 『여름밤 열 시 반*Dix heures et demie du soir en été*』을 우리말로 옮긴 것이다. 1960년에 발표되었으니, 올해 회갑을 맞은 셈이다. 작품에(또한 고인이 된 작가에게) 축하를 보낸다.

뒤라스는 1914년 4월 4일 프랑스령 인도차이나(오늘날의 베트남)의 코친차이나에 있는 지아딘(오늘날의 호찌민 근처)에서 태어났다. 본명은 마르그리트 도나디외였고, 프랑스인의 식민지 정착을 장려하는 정부의 캠페인에 호응하여 식민지로 이주한 교사 부부의 2남 1녀 중 막내였다. 뒤라스의 아버지는 식민지에 도착한 직후 병에 걸려, 프랑스로 돌아가서 세상을 떠났다. 아버지가 사망한 뒤에도 뒤라스의 어머니는 세 자녀와 함께 인도차이나에 남았다. 어머니가 캄보디아에 있는 땅과 벼농사에 투자했다가 실패하는 바람에 가족은 비교적 가난하게 살았다.

18세 때 뒤라스는 부모의 모국인 프랑스로 가서 소르

본 대학에 들어갔다. 처음엔 수학을 공부했으나 곧 포기하고 법학을 공부하다가 정치학으로 바꾸었다. 1938년 학업을 마친 뒤에는 식민성에 들어가 비서로 일했으며, 1939년에는 작가인 로베르 앙텔름과 결혼했다.

제2차 세계대전 때인 1942년부터 1944년까지 뒤라스는 비시 정부를 위해 일했다. 그녀가 근무한 곳은 출판업자들에게 종이를 할당하는 부서였는데, 그 과정에서 사실상의 서적 검열 제도를 운영했다. 뒤라스는 또한 프랑스 공산당에 가입하여 활동했고, 레지스탕스에 참여한 작은 단체에도 소속되어 있었다. 나중에 프랑스 대통령이 된 프랑수아 미테랑(1916~1996)도 이 단체의 일원이었는데, 평생 동안 뒤라스의 친구로 남아 있었다. 그녀의 남편 앙텔름은 레지스탕스에 관여했다는 이유로 1944년에 부헨발트 수용소로 이송되었지만 간신히 살아남았다(뒤라스에 따르면, 수용소에서 풀려났을 때 그의 몸무게는 겨우 38킬로그램이었다고 한다). 그녀는 그를 보살펴 건강을 되찾게 해주었지만, 그가 일단 건강을 회복하자 그들은 이혼했다.

뒤라스의 대표작으로는 흔히 『연인』이 꼽힌다. 70세 나이에 에로틱한(그것도 자전적인) 연애소설을 써서 공쿠르 상을 받았을 뿐만 아니라(세계적인 베스트셀러였다), 1992년에는 장-자크 아노 감독의 연출로 영화화되어 대성공을 거두

었기 때문에 뒤라스 하면 『연인』을 떠올리게 되는 것이 보통이다. 그러나 뒤라스가 소설을 처음 쓴 것은 29세 때였고 (1943년에 『철면피들』을 발표하면서 '마르그리트 뒤라스'라는 필명을 쓰기 시작했다), 그 후 2~3년에 한 편씩(어떤 때는 한 해에 두 편을) 발표하여 생산성을 발휘했으며(소설만 40여 편에 이른다), 사이사이에 영화 관련 작업을 진행하기도 했다.

『여름밤 열 시 반』은 소설로는 뒤라스의 여덟번째 작품이다.

처녀작 『철면피들』 이후, 『조용한 삶』(1944), 『태평양을 막는 방파제』(1950)를 발표하여 작가로서 기반을 다지고 있던 무렵의 뒤라스에게 미국 문학, 특히 헤밍웨이의 영향이 있었다는 것은 이제 정설이 되었다. 이 책의 폭풍우와 밀밭 묘사에서도 하드보일드 문체의 그림자가 느껴질지 모른다. 1983년에 얀 앙드레아(뒤라스가 1980년부터 죽을 때까지 동거한 38세 연하남)가 발표한 『M. D.』(소설 형식을 빌린 뒤라스의 알코올 중독 투병기)를 보면, 웅대한 스케일의 행동력과 타의 추종을 불허하는 음주량과 파괴적 성향을 갖춘 헤밍웨이에 대한 편애가 뒤라스의 생애를 일관하여 흐르고 있는 듯하다. 그런 자학적인 취미가 이 작품의 주인공 마리아의 음주벽에, 그리고 그녀의 일거수일투족에 투영되어 있음을 볼 수 있다.

그 후 뒤라스는 『지브롤터의 선원』(1952), 『타르키니아의 망아지들』(1953),『숲속의 나날』(1954, 단편집) 등을 연이어 발표하여 '우리 시대 최고 여성 작가의 한 사람'으로 주목받게 되었다. 이 찬사는 이 작품들을 출간한 '갈리마르 출판사'의 원고 심사위원 레몽 크노가 한 말이다.

뒤라스는 그처럼 안정된 지위를 쌓은 직후에 작가로서 커다란 전환기를 맞는다. 그녀는 진부한 찬사에 안주하지 않고, 뒤라스 본연의 '탐구' 여행에 나선 것이다. 그 최초의 이정표가 된 것이『작은 공원』(1955)이다.

이 작품은 트렁크 하나만 달랑 든 중년의 행상인과 스무 살의 하녀가 어느 마을의 작은 공원에서 우연히 만나 초여름의 한낮부터 저녁때까지 나누는 대화가 거의 전부를 차지하고 있다. 두 사람의 상상력이 커다란 비중을 차지한 이 작품에서는, 19세기적 사실주의에 입각한 소설에서처럼 작가가 사후 보고를 하는 형식으로 제출한 등장인물의 궤적을 더듬어가는 것이 불가능하다.

작가는 이 두 사람을, 우주 존재 가운데 최소 단위로서의 한 점으로 환원시키는 방향에서 파악하고 있다. 즉, 절대적 우주를 향하여 자신은 과연 누구인가 하고 물을 때, 그 '존재한다'라는 한 가지 사실을 제외하고 그 밖의 모든 속성을 박탈당한 무명의 근원 상태에 놓으려 하고 있는 것이다. 작가가 그들에게 이름을 주지 않은 이유도 거기에 있다. 근원적인 출발점으로 거슬러 올라가 자기를 되찾으려는, 오직

하나의 공통점만 가지고 관계를 맺은 두 사람의 대화 속에서는, 뒤라스의 처녀작부터 줄곧 이어져온 주제, 즉 '삶에 대한 권태'와 '기다림 또는 부재감不在感'이 드러나며, 이런 부재감의 제거는 아무 일도 일어나지 않는 '조용한 삶'을 거부하는 데 있는 게 아니라 그 삶에 대한 냉정한 응시, 공허 속의 인내에 있다는 인식이 심화되고 있다. 따라서 작품을 다 읽은 뒤에는 "이 세상에는 슬픈 일밖에 없다고 깨달은 자에게는 웃는 일밖에 남아 있지 않다"라는 체호프의 말과 상통하는 페이소스가 남는다.

뒤라스가 알랭 로브그리예, 미셸 뷔토르 같은 누보로망 작가들과 관련하여 논의되기 시작한 것도, 줄거리를 서술하는 형식의 배제, 새로운 대화 양식의 모색 등 소설 기법을 쇄신하려는 배려가 두드러진 『작은 공원』 이후의 일로서, 다음 작품인 『모데라토 칸타빌레』(1958)가 누보로망의 본거지라 할 '미뉘 출판사'에서 출간된 것도 같은 맥락에 따른 것이다.

『모데라토 칸타빌레』에 이르러 뒤라스는 더 이상 원고를 심사받을 필요가 없는 당당한 작가가 되어 그녀 특유의 '맞물리지 않는 대화' 스타일을 수립했지만, 여기서는 실제로 있었던 범죄 사건을 토대로 하여 주인공이 상상력을 작동시켜가는 취향이 『모데라토 칸타빌레』에서 『여름밤 열시 반』까지 이어져 있다는 점을 지적해두고 싶다. 두 작품 모두 밖에서 일어난 범죄 사건의, 법을 침범하는 에너지가 여주인공의 잠재의식에 이식되어 그녀들이 서 있는 지반 자체를 무너뜨린다.『모데라토 칸타빌레』의 안 데바레드는 살인 현장을 목격하고 자기 내면에 숨어 있던 죽음에 대한 욕망을 깨닫는다. 또한『여름밤 열 시 반』의 마리아는 폭풍우가 쏟아지는 지붕 위에서 살인범 로드리고 파에스트라를 구출해냄으로써, 그 성공 여하에 관계없이, 남편 피에르와의 파국을 드러내 보이고 싶어 한다.

이 작품에서는『작은 공원』이나『모데라토 칸타빌레』에 비해 대화가 차지하는 비율이 현저하게 줄어들었고, 여주인공 마리아의 상상이 본문 속에 많이 삽입되어 있어서, 삼인칭으로 서술되어 있기는 해도 넓은 의미에서의 일인칭 소설로 해석해야 할 것이다. 외적·내적 요소를 불문하고 모든 것이 마리아의 시선으로 받아들여져 있고, 마리아가 입회하고 있는 장면의 묘사는 그대로 받아들일 수 있지만, 그 밖에 마리아가 부재한 장면의 묘사는 실제로 일어나고 있는 일을 그대로 묘사한 것이라고 보증할 수가 없다. 느닷없이 '과연 그럴까?' 하는 식의 말이 삽입되어, 그 앞에 나온 장면이 마리아의 내적 관찰에 의해 묘사되고 있었다는 것이 판명되기도 한다.

뒤라스의 작품 세계를 관류하는 주제는, 앞에서도 말했듯이 '삶에 대한 권태'와 '기다림 또는 부재감'이다. 이런 주제를 드러내기 위해 작가는 흔히 남자와 여자의 만남을 보여주며, 불가능한 사랑에 헛되이 집착하는 주인공들을 통하여 인간의 내면적 욕구가 그 어떤 것으로도 채워질 수 없다는 사실을 증명해 보인다. 그러므로 뒤라스의 작품은 사랑(또는 성적 욕망)에 대한 그녀의 독자적인 이해 방식을 전개하기 위한 방법론이라고 할 수 있다.

그리고 그녀의 방법론은 주제뿐만 아니라 소설 미학에서도 두드러진 특징을 나타낸다. 우선 그녀의 작품 속에는 극적인 클라이맥스가 없다는 점을 지적할 수 있다.『여름밤 열 시 반』도 줄거리는 아주 간단하다.

한 부부와 그들의 딸, 그리고 부인의 여자 친구, 이렇게 네 사람이 여름휴가 중에 스페인을 여행하다가 폭풍우 때문에 머물게 된 마을에서 하룻밤을 지내는 이야기다. 여기에 살인 사건이 초장에 제시된다. 그러나 그 충격적이어야 할 사건은 이 작품에 흥미 있는 모티프를 전혀 제공하지 않는다. 작가의 묘사에 의해 전개되는 것은 오히려 주인공 마리아의 심리적 이행에 대한 추적이다. 그리고 그 전개는 다만 스케치 형식으로 어떤 공허한 윤곽만을 묘사할 뿐이다. 그러나 그 공허한 침묵은 한없는 상념을 불러일으킨다. 그리고 그러한 상념을 통해 독자들은 작가가 필경 의도하고 있을 삶의 권태를 깨닫게 되고, 그것은 곧 우리 자신의 문제라는 인식에 도달하게 된다.

잘 알려져 있듯이 뒤라스는 소설뿐만 아니라 희곡과 시나리오에서도 뛰어난 재능을 보였다. 그녀의 이름이 세계적으로 알려지게 된 것은 오히려 1959년 알랭 레네가 연출한 영화「히로시마 내 사랑」의 시나리오 작가로서였으며, 그녀가 직접 감독을 맡은 영화도 10여 편에 이른다.

　『여름밤 열 시 반』에서도 뒤라스는 영화적 요소를 도입시켜 성공하고 있다. 풍경과 움직임을 좇는 마리아의 시선이 마치 카메라 눈처럼 움직인다는 점, 폭풍우 쏟아지는 한밤의 번개가 일으킨 명암의 대비, 황금빛 밀밭에 내리쬐는 남국의 태양 등 시각적 특징이 그렇고, 현재형 서술은 장면들이 눈앞(스크린)에서 펼쳐지고 있는 듯한 현장감을 자아낸다. 이 작품은 결국 줄스 다신과 멜리나 메르쿠리 부부가 감독과 주인공 마리아 역을 맡아 1966년에 영화화되었다(클레르 역은 로미 슈나이더가 맡았다).

　말년에 뒤라스는 독자들과 가족에 대한 작별 인사로 『이게 다예요』(1995)를 출간했는데, 54쪽에 불과한 이 짧은 자서전의 마지막 문장은 이렇다. "다 끝난 것 같아. 내 인생은 종쳤어. 난 이제 아무것도 아니야. 보기에도 끔찍한 꼴이 되어버렸어. 나는 결딴났어. 어서 와. 난 이제 입도 없고 얼굴도 없어."

　뒤라스는 1996년 3월 3일 파리의 자택에서 82세의 나이로 세상을 떠났다.

작가 연보

1914 프랑스령 인도차이나(현재의 베트남) 남부 코친차
      이나의 지아딘에서 2남 1녀 중 막내로 출생. 본명은
      마르그리트 도나디외Marguerite Donnadieu. 아버지는
      수학 교수, 어머니는 원주민 학교 교사.

1918 아버지 사망.

1924 프놈펜, 빈롱, 사덱에 거주.
      어머니가 프레이 놉(캄보디아)의 땅을 사들였으나
      불모지로 밝혀짐.

1930 사이공에서 리요테이 기숙학교 재학.

1932~33 바칼로레아를 치른 뒤, 프랑스에 영구 귀국. 소르본
      대학에서 수학·법학·정치학 공부.

1937 식민성 근무.

1939 로베르 앙텔름과 결혼.

1940~42 첫아이 사망.
      중일전쟁 중 작은오빠 사망.
      갈리마르 출판사에 근무하는 디오니스 마스콜로를

만남.

1943 마르그리트 뒤라스라는 필명으로 첫 소설 『철면피
      들 *Les impudents*』 출간.

      파리 6구역 생브누아 5번지에 정착.

      장 주네, 조르주 바타유, 앙리 미쇼, 모리스 메를로-
      퐁티, 르네 라이보비츠, 에드가 모랭 등과 교류.

      로베르 앙텔름, 디오니스 마스콜로와 함께 '국제전
      쟁포로해방기구'에 가입. 모를랑(프랑수아 미테랑)과
      함께 레지스탕스 활동.

1944 『조용한 삶 *La vie tranquille*』 출간.

      로베르 앙텔름이 체포되어 부헨발트 강제수용소에,
      이어서 다카우 강제수용소에 수용됨.

      공산당 가입.

      전쟁 포로, 강제수용자들에 관한 정보를 수집하여
      신문 『리브르』 발행.

1945 로베르 앙텔름 귀환.

      로베르 앙텔름과 함께 위니베르 출판사를 설립하
      고, 에드가 모랭의 『독일 영년零年』『생-쥐스트 작
      품집』 출간.

1946 로베르 앙텔름과 이혼.

1947 아들 장 마스콜로 출생.

      위니베르 출판사에서 로베르 앙텔름의 『인류』 출간.

1950 『태평양을 막는 방파제*Un barrage contre le pacifique*』출간.
공산당에서 제명당함.

1952 『지브롤터의 선원*Le marin de Gibraltar*』출간.

1953 『타르키니아의 망아지들*Les petits chevaux de Tarquinia*』
출간.

1954 『숲속의 나날*Des journées entières dans les arbres*』출간.

1955 『작은 공원*Le square*』출간.

1957 디오니스 마스콜로와 결별.

1958 『모데라토 칸타빌레*Moderato cantabile*』출간.

1959 『센에우아즈 고가 다리*Les viaducs de la Seine-et-Oise*』출간.
모리스 블랑쇼와 교류.

1960 메디치 상 심사위원에 위촉됨.
시나리오『히로시마 내 사랑*Hiroshima mon amour*』
『여름밤 열 시 반*Dix heures et demie du soir en été*』출간.

1961 제라르 자를로와 공동 작업으로 시나리오『그토록
오랜 부재*Une aussi longue absence*』출간.

1962 『앙데스마 씨의 오후*L'après-midi de monsieur Andesmas*』
출간.

1964 『롤 V. 슈타인의 황홀*Le ravissement de Lol V. Stein*』출간.

1965 『부영사*Le vice-consul*』출간.

1966 폴 스방과 공동 작업으로 영화「라 뮈지카*La Musica*」
감독.

1967 『영국 애인L'amante anglaise』 출간.

1968 『영국 애인』을 희곡으로 출판.

       5월 혁명에 참여.

1969 『파괴하라, 그녀는 말한다Détruire, dit-elle』 출간.

1970 『아반, 사바나, 다비드Abahn, Sabana, David』 출간.

1971 『사랑L'amour』 출간.

1973 희곡, 시나리오 『인디아 송India song』 『갠지스 강의
       여인La femme du Gange』 출간.

1974 그자비에르 고티에와의 대담집 『이야기하는 여인
       들Les parleuses』 출간.

1975 영화 「인디아 송」이 칸 영화제에서 예술과 비평 부
       문 수상.

1976 『숲속의 나날』로 장 콕토 상 수상.

1977 「화물차Le camion」 『에덴 시네마L'eden cinéma』, 미셸
       포르트와 공동 작업으로 『마르그리트 뒤라스의 거
       처들Les lieux de Marguerite Duras』 출간.

1980 『복도에 앉은 남자L'homme assis dans le couloir』 『80년
       여름L'été 80』 『녹색 눈동자Les yeux verts』 출간.
       38세 연하의 얀 앙드레아와 만남.

1981 캐나다, 미국, 이탈리아로 인터뷰 여행.
       『아가타Agatha』 『아웃사이드Outside』 출간.

1982 파리 근교 뇌이의 아메리칸 병원에서 알코올 중독

치료.

『대서양의 사나이 *L'homme atlantique*』『사바나 베이 *Savannah bay*』『죽음에 이르는 병 *La maladie de la mort*』 출간.

1984 『연인 *L'amant*』 출간. 공쿠르 상 수상.

1985 『고통 *La douleur*』『체호프의 갈매기 *La mouette de Tchekov*』 출간.

『리베라시옹』지에 기고한 글로 페미니즘 논쟁을 불러일으킴.

1986 『파란 눈 검은 머리 *Les yeux bleus cheveux noirs*』『노르 망디 해안의 창녀 *La pute de la côte Normande*』 출간.

『연인』으로 리츠-파리-헤밍웨이 상 수상.

1987 『에밀리 엘 *Emily L.*』『물질적 삶 *La vie matérielle*』 출간.

1988~89 심각한 혼수상태로 입원.

1990 『여름비 *La pluie d'été*』 출간.

로베르 앙텔름 사망.

1991 『북중국에서 온 연인 *L'amant de la Chine du Nord*』 출간.

1992 『얀 앙드레아 슈타이너 *Yann Andréa Steiner*』 출간.

1993 『글쓰기 *Écrire*』『외부 세계 *Le monde extérieur*』 출간.

1995 『이게 다예요 *C'est tout*』 출간.

1996 3월 3일 자택에서 사망.